www.tredition.de

AF196276

Alexander Splitter

Simbimda

www.tredition.de

© 2019 Alexander Splitter

Verlag und Druck: tredition GmbH,
Halenreie, 40-44,
22359 Hamburg

ISBN
Paperback: 978-3-7482-7557-2
Hardcover: 978-3-7482-7558-9
e-Book: 978-3-7482-7559-6

Die Mondstadt

Die Arbeiter der Fernsehstation feierten ihr Fest. Ihr Chef Georg wurde 55 Jahre alt. Der Wodka floss in die Gläser, die Kollegen waren gut drauf und das Wichtigste: Der Klare war gut bevorratet. Wie lange es mit dem Wodka auch geht, alles hat ein Ende und die Party sowieso auch. Weit nach Mitternacht schaffte es Georg, nach Hause zu gelangen. Er trank noch ein Glas Wasser und ließ sich auf sein Bett fallen. Er schlief auch sofort ein. „Doch mein Gehirn schlief nicht", erzählte er nachher. „Ich sah einen Traum, den ich mein Leben lang nicht vergessen werde. Ich sah Saphir, er kam zur Auswerfstelle", sagte Georg. Er erzählte seine Geschichte so, als ob sie einander schon lange kannten. Die Frau am Schalter schaute ihn mit ihrem alles sehenden Blick an: „Ist alles in Ordnung, Saphir?" Sie kannte ihn offenbar persönlich. „Ja, Gina, es ist alles in Ordnung, ich bin bereit." Saphir stellte sich auf den roten Kreis. Er ist, wie immer, gut gekleidet. Sein Anzug ist perfekt angepasst, eigentlich wie bei allen Bewohnern der Mondstadt. Er konnte damit im Weltraum spazieren, ohne sich Sorgen zu machen, dass ihm etwas in seinem Anzug passieren konnte. Mondanzüge sehen elegant aus, lassen sich gut tragen und das Wichtigste ist: Der Anzug schützt einen sicher im Universum. Dieses Mal hatte er ein seltsames Gefühl. Er konnte nicht einordnen, woher das Gefühl kam, trotzdem sagte er: „Ich bin bereit." Eine Tür ging mit großer Geschwindigkeit lautlos auf, Saphir schob es im Bruchteil einer Sekunde nach draußen in das Weltall. Die Tür ging mit derselben Geschwindigkeit wieder zu. Es dauerte nicht mal eine Sekunde. Saphir stand auf einem spiegelglatten Weg. Nur ein paar Schritte brauchte er zu machen. Im Weltall sind die Schritte enorm groß, dank der Schwerelosigkeit. In kurzer Zeit stand er vor einem Hangar. Er berührte einen Knopf auf seinem Anzug. Sofort hörte er die Stimme der Wärterin: „Willst du rein, Saphir?" „Ich bitte um Erlaubnis einzutreten", sagte er. „Bist du bereit?" „Ich bin bereit", sagte er wieder. In demselben Augenblick schob es ihn rein und die Tür schloss sich hinter ihm. Er winkte der Wärterin. „Danke, ich gehe schon mal rein." Lässigen Schrittes ging er zum Umkleideraum, zog den Raumanzug aus und kleidete sich mithilfe eines Roboters in einen lässigen Anzug. Er ging durch eine Tür und stand plötzlich in einem Raum mit mehreren Türen. Jede Tür war mit einem Schildchen versehen. Es deutete darauf hin, was es hinter dieser Tür gab. Er ging durch die Tür mit der Aufschrift „Grüne Bohnen". Es war der Gemüsehangar. Ihm kam eine Wärme entgegen. Der Raum, in dem er stand, hatte bestimmt eine Fläche von einem Hektar. Er warf einen Blick auf das Gemüse, die Pflanzen sahen grün und frisch aus. „Die Ernte ist auch perfekt, so wie auch jedes Jahr", dachte er. Er nahm die nächste Tür, hier sammelte er das Gemüse, das er benötigte. Dann ging er durch die nächste Tür und sammelte noch einiges. Unterwegs begegnete er dem einen oder anderen Gärtner. Meist unterhielt er sich mit ihnen über den Garten, über neue Sorten von Gemüse oder Obst. Heute war er irgendwie nicht in Stimmung für Unterhaltung. Gemüse hatte er gepflückt, also nahm er das Huck-Mobil und machte sich auf den Heimweg. Saphir war in der Gemüseabteilung angestellt. Er war Ingenieur, Sohn des Gärtners, von dem er die Gärtnerei übernahm, deshalb kannte er Gartenarbeit sehr gut. Die viele Zeit, die er hier verbrachte – das schon als Kind – machte ihn zu einem guten Ingenieur. Das Gemüse hatte er gepflückt, jetzt machte er sich auf in den Umkleideraum. Mithilfe eines „Kostümiers", es war ein Robby, zog er seinen Raumanzug an. „Alles o. k.", sagte der Kostümier und klopfte leise gegen Saphirs Helm. Saphir machte sich auf zum roten Kreis. Der Kreis war genauso wie der, auf den er sich stellte, als er zu diesem Hangar wollte. „Los", sagte er ins Mikrofon, das am Umschlag seiner Jacke befestigt war. Alles passierte blitzschnell: Das Tor öffnete sich, und Saphir stand plötzlich in der Halle, in der sich die Küche befand. Er machte sich lässigen Schrittes auf zur Speisehalle. „Ich bin zurück", sagte er und ließ sich in den Innenraum beamen. Jetzt kam wieder das Umziehen. Anstatt des Raumanzugs kleidete er sich in einen lässigen, zivilen Anzug. Auch dieses Mal half ihm beim Umkleiden ein Robby. Saphir legte das Gemüse auf das Band. Es verschwand in der Küche. „Ich bin etwas müde", dachte er, „ich muss mich entspannen". Er machte sich in das nahegelegene Casino auf und ging geradewegs zum Spieltisch. Ein Roboter stand bereit, um mit ihm zu spielen. Er nahm sich ein Laser-Kyi und schaute ihn aufmerksam an. „Ich bin bereit", sagte er. Er war ein guter Spieler, und trotzdem verlor er. Der Roboter reichte ihm die Hand. Saphir schüttelte die ihm gereichte Hand. „Gratuliere", sagte Robby, „heute warst du besser. Das nächste Mal sehen wir, wer von uns besser ist." Der Roboter wusste schon, mit wem er spielte. „Ich schummele nicht", sagte er nur. Er wusste schon, dass Saphir nervös war. Er wollte einen Streit anfangen, das sah ihm Robby an. Der Streit kam nicht zustande. Der Streit hier führte niemals zum Ärger, nicht aus ihrem Inneren. Streit musste nur sein, um die Wahrheit herauszufinden. Er zog sich auch nicht allzu lange hin. Saphirs Laune wurde besser. Zur Versöhnung stießen sie ihre Ellenbogen zusammen. Saphir setzte sich in das Huck-Mobil und stand in kurzer Zeit vor seiner Tür. Sein Finger berührte die Füllung der Tür, die ging lautlos auf, und er betrat sein Zimmer. Das Zimmer war klein, doch die Wände ließen sich verschieben auf eine beliebige Breite oder Länge. Er lebte hier als Single. Aus diesem Grunde war die Wohnung für ihn groß genug. Die Architektur erlaubte auch, eine beliebige Zahl von Zimmern per Knopfdruck zu machen. Am Bett stellte er die Uhrzeit ein. Er hatte vor, vier Stunden zu schlafen, und schlief sofort ein. Nach vier Stunden wachte er auf. Er verspürte Hunger und machte sich auf in den Speiseraum. Er nahm sich einen Teller Frame. Das Essen hatte einen angenehmen Duft und einen ganz besonderen Geschmack, was wichtig war, denn es regte den Appetit an. Das Essen hatte genau den Geschmack, auf den er heute Appetit hatte. Es hatte den Geschmack von dem Gemüse, das er am Vormittag in die Küche gebracht hatte. Außerdem waren alle Vitamine im Essen enthalten, die ein Mondmensch für seinen Lebensunterhalt braucht. Beim Essen kam ihm der Gedanke an seine Kameraden. „Die treffe ich heute am besten im Bau", dachte er. Nach dem Essen nahm er Platz im Troll und war in ein paar Sekunden in einer großen Halle. Der Troll hielt an und der Computer sagte mit einer angenehmen Frauenstimme: „Saphir, auf der rechten Seite steht Gleb." „Den wollte ich auch sehen", fiel ihm ein und er ging zum Gleb. Überall arbeiten Roboter, die Menschen brauchen nichts zu machen, nur nachzuschauen, wie die Roboter arbeiten. Jetzt stellte er sich hin und schaute sich um. Ein großer Raum lag vor ihm, die Stadt wurde ständig erweitert. Sie wurde aus Blocks gebaut. Jeder Raum hatte eine Größe von einem Hektar. Es herrschte Stille, obwohl alle Roboter arbeiteten. Einige Arbeiter brachten von den Wänden die Erde weg und glätteten sie. Die anderen brachten den Schutt weg. Er stand neben Gleb. Der fing seinen Blick ab: „Du willst wissen, wohin diese Menge Schutt geht?" „Ja." Saphir zeigte mit der Hand auf die Roboter, die den Schutt wegbrachten. „Nach draußen", sagte Gleb, „dort wird er an einem passenden Platz abgelagert." „Und was passiert dann mit dem Schutt?" Gleb stellte den Roboter auf kleine Leistung. „Weißt du", sagte er, „das Gewicht und die Form des Mondes müssen konstant bleiben. Wenn das nicht der Fall ist, springt er von seiner Achse, dann richtet er viel Unheil an. Er kann andere Planeten mitreißen. Wenn wir mit dem Mond nichts mehr machen können ..." „Was dann?", fiel ihm Saphir ins Wort. „Wir lassen diese Stadt den Alten und nehmen uns einen neuen Planeten vor, zum Beispiel einen von der Milchstraße. Ich bin schon lange scharf auf die Milchstraße", grinste Gleb. „Dort muss es richtig heiß sein, die müssen wir erst abkühlen. Nach Meinung unserer Wissenschaftler sind die Planeten in der Milchstraße wesentlich fester aneinander gebunden." „Es wird etwas schwierig, einen neuen Stern in der Milchstraße anzusiedeln", dachte Saphir. „Im Traum sehen wir das, aber es ist doch nur ein Traum. Die Menschheit ist in ihrer Fantasie weit vorgedrungen", dachte er. „Aber das ist nur Fantasie". Im Raum herrschte eine Stille, obwohl alle Maschinen arbeiteten. Hier in der Schwerelosigkeit das Geräusch zu dämpfen ist eine einfache Sache, für die Maschinen kein Problem. „Mach es gut, Gleb", sagte Saphir, „Ich mache mich los zu meinem botanischen Garten." Nicht weit entfernt standen noch ein paar junge Leute. Einer der Jungs erzählte einen Witz, die anderen lachten. „Der Jugend ergeht es immer wohl", dachte Saphir, obwohl er selbst noch jung war. Er dachte an sein Schicksal. Das junge Mädel, das er heiraten will, heißt Sieglinde. Sie ist jung, klug und gut gebildet, doch das Wichtigste ist, sie arbeitet im Botanischen Garten, wie auch Saphir. Saphir schaute den jungen Menschen ein wenig zu. Dann zog ein Roboter seine Blicke an. Er blieb stehen und schaute eine ganze Weile dem Roboter zu. Er glättete die Wände. Die wurden glatt und fest, sodass kein zusätzliches Spachteln oder sonst eine Bearbeitung wie auf der Erde notwendig war. Er ging zum Bildschirm, der in der Nähe stand. Der Bildschirm war von allen Seiten sichtbar. „Wo bin ich", fragte Saphir. „Sie sind auf dem fünfzehnten Stock unter dem Mondesspiegel." Plötzlich verging ihm die Lust, auf den Bildschirm zu schauen. „Auf Automatik", befahl er dem Roboter. Der Bildschirm erlosch, Saphir warf danach noch einen Blick in den Raum. Dass er nach dem Stock fragte, in dem sie gerade waren, war ganz normal. Hier, wo das Beamen aus einem Raum in den anderen so schnell ging, achtete man meistens nicht auf den Ort, in dem man war und ließ sich beamen, wohin man wollte. Sein Arbeitsplatz war zwar in der botanischen Abteilung, doch hier, wo Bauarbeiten liefen war er immer gerne, zumal es der letzte Stock, der ausgebaut wird, sozusagen das Dachgeschoss, war. Die jungen Leute waren ausgebildete Bauingenieure. Auf den ersten Blick lachten sie und machten Witze. Alle Arbeiten machten Roboter, Menschen schauten nur zu, und gaben ihre Korrekturen, nach ihrem Ermessen. Saphir war plötzlich klar, warum Gleb sagte, dass es vielleicht zur Milchstraße geht. „Der schlaue Fuchs weiß das, was ich nicht weiß", dachte Saphir. Die jungen Leute, die er sah, waren ungefähr in einem Alter. Sie waren alle um die dreißig, nach dem Mondalter. Auf der Erde, woher ihre Vorfahren einst kamen, wären sie natürlich viel älter. Es war das junge Kontingent der Ingenieur-Kräfte: jung, klug und mit einer deutlich sichtbaren Note von Ehrgeiz. Die Arbeit ging immer voran, auch wenn von der Seite gesehen nur Spaßvögel am Werk waren. Solche jungen Leute bauten diese Räume in der Unterwelt vom Mond auf, sie waren ungefähr im selben Alter wie Saphir. Die Forschungstheorie sagte damals, dies sei das beste Alter, in dem die Menschen die höchste Leistung erbringen. Sie saßen mehr an ihren Computern und machten theoretische Arbeit. An diesem Projekt mit dem Dachgeschoss arbeiteten Kräfte, deren Beruf Bergbau war. Saphir und seine Kollegen dagegen arbeiteten im Botanischen Garten. Sie versorgten die Menschen unter der Mondfläche mit Lebensmitteln. Natürlich hatten sie auch eine Menge Probleme, die dieses Projekt mit sich brachte, und diese waren unheimlich groß. Es fing an mit Müllentsor-

12

gung, ging über Ernährung bis hin zu den Maschinen, die zum Transport der Bewohner dienten. Die besten Spezialisten arbeiteten hier. Die Menschen lebten schon seit mehreren Generationen hier und waren bestens vertraut mit dem Bau auf dem Mond. Und nicht nur das: Ein Häufchen Menschen, die sich Politiker nannten, wollten es so. Ihr Planet näherte sich der Katastrophe und sie erhofften für sich ein gemütliches Leben auf dem Mond. Es gelang ihnen nicht. Nur eine kleine Gruppe von Forschern, die unterwegs war, gelangte auf den Mond. Saphir machte sich auf in den Freizeitraum. Er hätte dorthin auch fahren können, Taxis standen immer bereit. Fahrer dagegen brauchte man keine, der Computer bekam das Kommando und brachte den Passagier dorthin, wo er hinwollte. Oder sie konnten sich beamen, wohin sie wollten, das war auch eine Lösung. Unterwegs traf er seinen Freund. Nestranski war alt, er brauchte keine Arbeit mehr zu leisten und verbrachte seine Tage am Computer. „Offensichtlich musste er bald sterben", dachte Saphir. Tod war das einzige Problem, das der Mensch nicht lösen konnte. Die Menschen wurden alt und wenn sie ganz abgenutzt waren, starben sie. „Schade", dachte Saphir, „das Leben hier ist so bequem, doch eines Tages läuft meine biologische Uhr ab, dann muss ich fort, wie alle. Hallo, meinen Freund", rief er ihm zu. „Hallo", gab der Alte zurück und ging gebeugt an ihm vorbei. „Der ist nicht mehr lange hier", dachte wieder Saphir. Er setzte sich in ein Taxi und fuhr zum Freizeitraum, doch seine Gedanken blieben bei dem Alten. Als ein großer Spezialist in Sachen Biologie führte er vorher die Arbeiten im Botanischen Garten. Saphir musste gestehen, er führte die Arbeit sehr erfolgreich. Saphir kam in den Botanischen Garten. Als Erstes suchte er Sieglinde auf. Rührend begrüßten sie einander mit einem Kuss. Er umarmte ihre Taille. „Komm, wir schauen uns die neue Sümaten an. Ich will eine versuchen", sagte er, als sie am Ort waren. Er pflückte sich eine schöne. Eine Weile ließ er das Fruchtfleisch der Sümaten auf der Zunge liegen. Der Geschmack war bezaubernd. „Schmeckt tatsächlich gut", sagte Saphir. „Ist ja deine Arbeit, ich habe nur gepflegt." Ursprünglich gab es Probleme, wie man diese Frucht nennen sollte. Dann kam ein Konsilium zusammen. Nach langem Überlegen sagte einer: „Wir wollen sie nach dem Alphabet nennen – Alma, Bima und so weiter." Sieglinde freute sich, dass ihre Arbeit erfolgreich war. Sie nahm ihn an der Hand. „Komm, wir wollen etwas studieren." „Ach nein, ich habe heute keine Lust zum Lernen." „Doch", sie lachte los, „wir wollen hinter den anderen nicht zurückbleiben. Wir lassen uns hinbeamen, es ist ganz schön weit." Sie wurden hingebeamt, begrüßten die Wirtin mit: „Ein langes Leben!", und gingen durch die Tür in den Lehrraum. „Ein langes Leben!", hörten sie die Stimme der Wirtin. Im Lehrraum standen Geräte, es waren Computer. Die waren nicht groß, dafür steckte im

14

Inneren eine unheimlich große Materialkapazität. Sie gingen zu einem Computer, er stand auf einem Tisch, rundherum leuchtende Monitore. Sie nahmen von zwei Seiten Platz. Es war eigentlich nur ein Monitor, doch dank dem, was in ihm steckte, konnte ein jeder sehen, was er gerade sehen wollte. Ihre Stühle passten sich ergonomisch ihrer Figur an. Die Elektroden an den Beinen schauten nach dem Zustand des Körpers. Das Wichtigste aber waren der Helm und Elektroden, die alle Informationen aus dem Computer empfingen und in das Gehirn sendeten. Er fragte nach der Milchstraße, welcher Planet für ein Lebewesen auf der Milchstraße gut geeignet wäre. „Der Proplan", gab der Computer aus. Gleichzeitig sagte er: „Dieser hat eine große Ähnlichkeit mit dem Mond, für den Menschen noch besser geeignet als der Mond." „Der alte Fuchs", Saphir dachte schon das zweite Mal an Gleb, „Ich muss ihn fragen bei Gelegenheit." Er streckt sich, „die Gelenke sind versteift", dachte er. Sieglinde tat dasselbe. „Mir geht es auch so", sagte sie, „Wir müssen uns mehr bewegen." Sie machten sich auf zum Bewegungsraum, zum Glück war er nicht sehr weit. Sie joggten, liefen und sprangen – eigentlich das volle Programm, um sich fit zu halten. „Gehen wir zu mir oder zu dir?", fragte sie. „Ich wollte eigentlich den Gemüsehangar inspizieren." „Gro", sagte sie, „Du kommst nachher. Ich besorge uns was Gutes zum Essen." Jeder nahm sich ein Taxi und fuhr seines Weges. Saphir kam in den Gemüsegarten, wie er diesen Ort nannte, und ging durch die Reihen. Er war in der Sprösslinge-Abteilung. Die jungen Pflanzen fühlten sich erkennbar gut. „Es ist ja auch kein Wunder", dachte er. „Die Nahrung und die Feuchtigkeit habe ich selbst dosiert und alles gründlich durchdacht." Er war wirklich stolz auf seine Arbeit. Die Obrigkeit lobte ihn auch. Es tat ihm immer gut. Plötzlich fühlte er Müdigkeit. Er sagte in sein P-Fon zu Sieglinde: „Ich bin müde, mein Liebes, will ein bisschen schlafen." „Gro", sagte sie, „Ich will auch schlafen." Zu der Zeit bereiteten sich die Russen mit den Amerikanern vor, auf dem Mond ein Raumschiff landen, danach eine Expedition. Die Vorbereitungen liefen auf vollen Touren. Die Konstrukteure gaben alles. In drei Monaten sollte die Rakete fertig sein. Die Zahl der Arbeiter wurde verdoppelt, es wurden Überstunden eingelegt. Alle schauten zu, wie die Vorbereitungen zum Mondbesuch vorangingen. Die Leute arbeiteten, als ob es ihre letzte Tage wären, und wussten nicht, wie weit sie tatsächlich waren. Die Erde sendete schon mehrfach Delegierte zum Mond, doch sie entdeckten nichts. Jemand sagte: „So viele Planeten und Meteoriten treiben durch das All, dass jederzeit ein Zusammenstoß nicht zu vermeiden wäre." Die Menschen bewirtschaften die Erde so, dass auf der äußeren Haut der Erde nichts außer Metallschlack zu sehen war. Die Hoffnung, dass es dieses Mal mit der Mondlandung klappte und sie Lebewesen auf den Mond entdecken würden, lebte in den Erdmenschen. Sie hatten reichlich Konzentratfutter mit. Ihre Maschinen brachten sie auf den neuesten Stand. Die dreißig Männer der Besatzung konnten sie zur Hälfte, vielleicht auch mehr, dort lassen, um den Mond auszuforschen. Die Amerikaner gaben auch alles, um in dieser Zeit fertig zu sein. Endlich kam der Countdown. Bei der Zahl Zehn hob die Rakete weich ab und glitt in die Höhe. Die dreißig Besatzungsmitglieder saßen dicht nebeneinander und schwiegen. Den Frauen standen die Tränen in den Augen, die Ungewissheit, wie es ihnen ergehen würde, quälte sie. Es waren zwar alles harte Frauen, doch diese Raumfahrt war etwas Besonderes. Irgendein Gefühl klemmte ihnen das Herz, und ließ ihnen keine Ruhe. „Den Männern ging es nicht besser", dachte Letunoff, der Leiter dieser lebenswichtigen Expedition. Er wollte eigentlich, dass sie eine kleinere Besatzung auf die Mondstation brachten, doch die großen Herren wollten es so, für diese ist ein Mensch nicht viel wert. Diese Landung sollte durchgeführt werden, und sie wollten sie durchführen, und das um jeden Preis. Eine Station auf dem Mond sollte aufgebaut werden. „Menschen haben wir genug", sagte Benjamin Glücksherr, der Chef der NASA. Sie wählten die besten Astronauten aus. Die Russen mit ihrem Ehrgeiz blieben nicht zurück und brachten ihre besten Leute auf den Baikonur. Es musste gelingen, und zwar, wie Benn Glücksherr sich auszudrücken vermochte, ohne Rücksicht auf Verluste. Er saß im

Center des Flugkommandos und schaute auf den Monitor. Er trug weiße Festtagsklamotten und eine Waffe unsichtbar unter dem Anzug, denn er war bereit, bei einer misslungenen Landung, Suizid zu begehen. Das wusste niemand, doch ähnlich fühlten es mehrere andere. Der Flug zum Mond verlief glatt. „Wie werden wir auf dem Mond leben?", dachte jetzt jeder. Exakt in der Zeit, als sie ihre Bremssysteme einsetzten, sah der Wachhabende der Mondstation auf dem Monitor ein Objekt, das sich dem Mond näherte. Sofort wurden alle Lotsen und das gesamte Kommando benachrichtigt. In ein paar Minuten waren sie alle im Kommandoraum. Der Wachhabende checkte alle Parameter und meldete dem Kommando, dass von der Erde mit der Nummer – es folgte eine unmöglich lange Zahl aus Buchstaben und Ziffern – ein Objekt kam. „Ihr Kurs?", fragte Willi Schwarz. „Die zielen genau auf unser Haupttor." Nach einiger Zeit, in der sich das Kommando beraten konnte, sagte Benn Schwarz, Leiter der Operation Landung, zum Wachhabenden: „Wir übernehmen sie. Übernimm das Ruder und leite sie ein Stück weiter, dort lässt du sie landen. Sonst machen die uns alles kaputt", sagte er zu seinen Kollegen im Raum. Der Wachhabende übernahm die Lenkung und brachte das Schiff ein Stück weiter. Die Leute im Schiff standen hilflos da. Alle Versuche, das Rudern zu übernehmen, führten zu keinem Resultat. Das Raumschiff landete weich auf den Mond. „Wir sind gelandet", sagte Sokolov, der

Lotse des Raumschiffs, „Die Leute auf dem Mond haben ganze Arbeit geleistet." Das Schiff wurde langsam zum Tor der Mondstadt geleitet. „Die Lebewesen hier machen alles sehr geschickt", sagte der Lotse von der Station. Mit einer Geste wurden sie aus dem Schiff gebeten. Wieder einmal war die Sprache der Ureltern nicht verständlich. Die Leute der Mondstadt schauten verwundert zu, wie die Menschen aus dem Schiff stiegen. Sie versuchten, mit Gesten etwas zu erklären, doch es kamen nur lächerliche Mund- und Handbewegungen hervor. Die Mondsprache war ihnen unbekannt. Sie stiegen aus und blieben vor dem Tor stehen. Dieses öffnete sich geräuschlos, im selben Augenblick wurde die gesamte Besatzung des Raumschiffs in das Innere der Mondstadt gebeamt. Verwundert standen sie da und schauten sich um. Ihre Sprache verstanden die Ankömmlinge nicht, auch die Mondmenschen ihre nicht. Nach kurzem Warten kamen sie zur Computersprache. Zur großen Freude konnten sie sich miteinander verständigen. „Wir heißen euch willkommen", sagte Benn Schwarz, der schon seinen Raum verließ, und mit seinen Leuten in der Zentrale stand. „Wir grüßen euch, wir sind eure Gäste", erwiderte der Chef der Erdstation. Donald Scott schaute auf die Gäste. Er hatte ein sanftes Lächeln. „In diesem Raum sind die Umkleidekabinen", gab er von sich. „Da gibt es Privatanzüge für euch. Nachher wird man Sie zu Ihren Gemächern begleiten, zwecks Rastens, Sie sind doch bestimmt müde", lächelte der Chef der Mondstation. Sie fuhren in Begleitung der Mondleute weg. Sie wurden desinfiziert und in ihre Schlafzimmer gebracht. „Was suchen sie hier, was wollen sie hier?", dachte Donald Scott, „Und was sollen wir mit ihnen machen? Die haben bestimmt ein Ziel. Ist das gut für die Mondleute oder schadet es ihnen? Vielleicht fliegen sie weiter. Gut wäre es", dachte er und ging in sein Büro. Nach kurzer Zeit wachten sie auf. „Bringt sie in den Speiseraum", sagte Scott. „Wir kennen die Erdmenschen nicht, sie brauchen womöglich regelmäßig ihre Nahrung." Er traf ins Schwarze. Die Erdmenschen aßen kräftig. Das Essen der Mondleute schmeckte ihnen sehr gut. Sie aßen sich satt, ohne ein Wort fallen zu lassen. Dann lehnten sie sich zurück. Scott verstand, dass der richtige Moment kam. „Wer ist euer Führer?" Ein Mann mittlerer Jahre stand auf. Sein Haar hatte silberne Töne. Er war schlank und kräftig. Nur sein Gesicht sah müde aus. „Sokolov", sagte er, „Chef der Erdraumstation." „Ich bin Donald Scott, wir wollen reden." Zu seinen Mondleuten sagte er: „Sorgt für Unterhaltung, damit es ihnen nicht langweilig wird." Scott setzte sich neben Sokolov auf den Sitz des Huck-Mobils und fuhr ab. Sie stiegen aus. Vor ihnen lag eine lange Allee, auf beiden Seiten standen wunderschöne Baume, und sie hingen voller Früchte. „Kosten Sie diese", Scott pflückte eine Frucht und reichte sie Sokolov. „Kosten Sie", wiederholte er in seinen Ringwellen. Sokolov verstand sehr wohl,

20

was der Mondmensch sagte. Der schaute die Frucht an, dann Scott, dann wieder die Frucht. Scott kam darauf: „Er will, dass ich zuerst koste". Er pflückte eine Frucht und biss ab. Ein angenehmer, fruchtiger Geschmack verbreitete sich im Mund, er schluckte es hinunter. Jetzt biss Sokolov in die Frucht. „So etwas Gutes aß ich noch nie", sagte er in seinen Ringwellen. Scott lächelte. „Unsere Früchte schmecken alle gut, dafür sorgt unser Agrarier Saphir mit seiner Mannschaft." Sokolov fühlte, wie die Kraft seinen Körper füllte. „Ich fürchte, Ihre Früchte sind zu kräftig für uns", sagte Sokolov. „Keine Sorge", Scott schaute wieder Sokolov an: „Keine Sorge", wiederholte er, „Die Früchte hier passen sich dem Körper an. Sie dienen uns als Nahrung und zugleich als Medikamente." „Danke, Herr Scott, ich habe so vieles vernommen, dass ich mir alles überlegen muss." Er schwieg eine Weile, dann sagte er verlegen: „Eine warme Dusche kann mir und meinen Leuten auch nicht schaden." „Ihre Leute sind schon mit allem versorgt, auch mit Duschen." Scott gab mit einer Geste zu verstehen, dass Sokolov ihm folgen sollte. Sie setzten sich in das Taxi, das bereitstand. Scott sagte nur: „Zur Dusche." Sie hörten eine kurze Gro, das Taxi legte ab und war in kurzer Zeit am gewünschten Ort. Sie stiegen aus. „Sie brauchen Ruhe. Wir sehen uns in vier Stunden, der Robby wird euch alles erklären. Bis später!" Scott setzte sich in das Taxi und legte ab. Robby sagte auch „Gro" und brachte ihn auf einem Laufband in das Innere des Gebäudes, neben dem sie gerade parkten. Das Band bewegte Sokolov durch eine Schranke. Dann kam noch eine Schranke. Sein Körper fühlte ein leichtes Prickeln. Das Band brachte ihn nach draußen. Robby lud ihn mit einer Geste in ein Taxi, das da stand. Sie setzten sich, der Robby sagte zum Taxi: „Zum Ruheraum." Das Taxi legte ab und stand fast sofort vor einem großen Gebäude, dem Ruheraum. Ein anderer Roboter brachte ihn weiter in den Raum, und drückte einen Knopf. Vor ihm stand ein Bett. „Hier rasten Sie", sagte Robby. Sokolov legte sich drauf und schlief in ein paar Sekunden ein. „Gro", sagte Robby und verschwand aus dem Raum. Nach vier Stunden wachte Sokolov auf. Er fühlte sich wie in seinen jungen Jahren. „Noch besser", sagten seine Kollegen, die auch ein Bad und Schlaftherapie genossen hatten. Unbemerkt kam auch Donald Scott herbei. Unbemerkt war nicht das richtige Wort, lautlos ließ er sich her-beamen und stand plötzlich da. „Es war etwas zu weit, wo ich mich befand", sagte er. „Was uns fehlt, ist die Zeit, sie ist immer zu knapp, das werden auch sie erfahren. Ich schlage vor, Sie machen sich vertraut mit unserer Stadt. Damit alles gut läuft, wird ein jeder von euch von einem Roboter begleitet. Einfachheitshalber nennen wir sie Robby, obwohl ein jeder von ihnen ein Schild auf der Brust mit seinem Namen trägt." Die Erdbewohner, die so viel wussten von den Planeten, standen da mit offenem Mund. Sokolov nahm

Scott an der Hand und machte mit ihm ein paar Schritte. „Ich mochte nicht von hohen Materien reden, nur ein paar einfache Fragen." Scott lächelte: „Bitte." „Wie habt ihr meine Klamotten gereinigt und desinfiziert? Ich habe sie gar nicht ausgezogen. Und ich möchte auch wissen, wie bekommt man so einen guten Schlaf?" Es waren Fragen, die für Erdmenschen ganz naheliegend waren. „Ein jedes Bett hat ein Medikament eingebaut, zusammengesetzt aus Kräutern, die hier in unseren Orangerien wachsen. Der zweite Teil mit dem Aufwachen hängt davon ab, auf welche Zeit Sie dosiert worden sind. Man wacht auf, sobald das Medikament nicht mehr vom Körper generiert wird." „Man fühlt sich gut", sagte Sokolov. „Ja, ich schlage auch vor, Ihre Leute und meine Leute setzen sich in der Konferenzhalle zusammen und reden über euer Schicksal." Sie ließen sich hin beamen. Im Konferenzraum saßen an die hundert Mann. Sie waren zwar alle eingeladen, mit den Erdmenschen zu reden, doch einige blieben weg, ihre Arbeit verlangte es. Donald Scott sprach in seinen Ringwellen, das Gerät diente dazu, dass alle Sprachen in die benötigte konvertiert wurden. Es war an seinem Zeigefinger, auf der äußeren Seite, angebracht. „Meine Damen und Herren, liebe Gäste. Ich möchte Sie darauf aufmerksam machen, dass unsere Gäste auf der Durchreise bei uns gelandet sind. Wir zeigen diesen Menschen unsere Gastfreundlichkeit. Ansonsten, sobald wir für sie einen geeigneten Planeten finden, helfen wir ihnen, diesen zu bewohnen." Es begann eine lebhafte Unterhaltung. Es war klar, die Fremden sollten für sich einen Planeten finden und übersiedeln. Die Mondbewohner mischten sich unter die Gäste. Noch etwas donnerte die Stimme aus dem Ringwellen. Donald Scott schwieg kurz. „Am besten, Sie haben das Gerät immer bei sich, damit Sie einander verstehen können." Langsam verzogen sie sich, Transportmittel gab es ausreichend – von dem offenen Taxi bis zu Aggregaten zum Beamen. Saphir schnappte sich ein Mädel von den Erdbewohnern. Ihm kam sie schön vor, obwohl die heimischen Mädel auch hübsch waren. Er nahm ein langsames Taxi. Es war ohne Verdeck. „Damit wir alles sehen können", erklärte er dem Mädel. Es war eigentlich eine reife Frau, etwas über dreißig nach der Erdrechnung, und sehr hübsch, wiederum aus Sicht der Mondbewohner. Sie hieß Edeltraut. Es war etwas schwierig, so ein Exemplar zu finden, denn die Frauen aus dem Nahen Osten waren weitgehend hübscher. Doch Edeltraud war sehr hübsch, so wie die meisten Erdbewohnerinnen. Er saß gemütlich neben ihr, seine Hand umschlang ihre Taille, und erzählte ihr von seinem Gemüsegarten. Sie kamen an, stiegen aus und er drückte einen Knopf an seinem kleinen Finger. „Wir sind bereit, Ria", sagte er. Sofort kam die Antwort: „Gro", und die Tür öffnete sich lautlos. Sie wurden ins Innere gebeamt. Die Tür ging zu und sie standen mitten im Gemüsegarten. Wie viele Gemüsearten da wuchsen, es war

24

unbeschreiblich. Ich bitte meine Leser um Entschuldigung, dass nur Saphir redete. Edeltraut hingegen versank in Schweigen. Ganz so ist es doch nicht, sie klatschte ständig verwundert in die Hände, schubste Saphir zur Seite oder hielt sich die Hand vor den Mund, um nicht loszuschreien. Abermals schubste sie Saphir zur Seite: „Guck mal, was für eine Frucht, das ist ja ein kleiner Turm, den sah ich in einem Film." „Die Frucht", führte Saphir aus, „Die Formel ist auch von mir aufgestellt. Willst du was kosten von dem Lülchen?" „Heißt die Frucht Lülchen?" „Ja, der allerschönsten der Früchte gibt man den Namen Lülchen und weiter kommt dann eine Nummer." Er pflückte eine Frucht vom Busch und reichte sie ihr. Sie nahm die Frucht, schaute sie eine Weile an, als ob sie Angst hätte, dann biss sie vorsichtig hinein. Ein fruchtiges Aroma verbreitete sich in ihrem Mund, und nicht nur im Mund, sondern im ganzen Körper lebte etwas auf. „Am liebsten möchte ich springen", sagte Edeltraut. „Meine Körperenergie planscht über den Rand." „Ich freue mich, dass mein Lülchen dir so gefällt. Die meisten Gemüsesorten haben die gleiche Wirkung." „Nach dem, was ich hier sehe, glaube ich dir alles. Sage mal, gibt es auch Kranke hier?" „Nein. Das Wort ist mir bekannt. Es wird gesagt, dass es früher irgendwann so etwas gab, aber der Bewohner von heute weiß davon nichts." Sie drückte sich an ihn. „Hier ist es schön." Er umarmte sie fester. In seinem Gedächtnis tauchte Nestranski auf. Der Alte redete von der Zukunft, dabei erwähnte er die Milchstraße. „Die ist bestens geeignet für Lebewesen, auch für die Erdmenschen, die ist ja in der Nähe." Schön wäre es. Sie atmete schwer auf. „Wollen sehen, vielleicht klappt es mit dem Planeten Mars. Der ist am Rande der Milchstraße und ganz nahe zur Erde." Sie redeten über die Liebe. Es stellte sich heraus, dass sich Beziehungen nicht sehr unterscheiden, die Liebe blieb fast unverändert. Es war Nachmittag, sie sah ein Bruchteil von dem, was in Saphirs Gemüsehangar wuchs. „Hangar?", fragte sie, „Warum ‚Hangar'?" „Ich weiß es auch nicht, wir wollen im Wörtergeber nachfragen." „Nein", sagte sie, „Wir wollen selber draufkommen." „Vielleicht, weil hier öfter Huck-Mobile und Trolls vorbeidonnern und irgendwo am Rande parken. Wollen wir zu den anderen gehen?", schlug er vor. „Gut", sagte sie. Sie setzten sich auf einen Troll, der schaltete eine leise und sehr angenehme Musik an und legte ab. „Ihr habt auch etwas, das Musik einschaltet und ohne Hetze fährt. Ich dachte, bei euch geht alles schnell und korrekt." Saphir schaute sie an: „Manchmal lassen wir uns Zeit für das Schöne." „Wie schön ist es hier", flüsterte sie wieder, „Hier möchte ich bleiben." Er hörte sie und schwieg. „Das kann niemand alleine entscheiden", hörte sie von ihm. Der Troll hielt vor einem Tor an. Sie stiegen aus, das Tor öffnete sich und sie gingen hinein in den Hangar. Die ganze Mannschaft von der Erde sammelte sich hier. Sie saßen dicht ne-

26

beneinander. Donald Scott stand auf, berührte die Ringwellen an seinem Finger: „Meine Lieben, hörten alle im Saal, „Wir haben uns mit Sokolov alles überlegt und uns entschieden. Für die Menschen von der Erde ist der Planet unter der Nummer ..." Es folgte eine lange Reihe Ziffern von der Milchstraße. „Der Planet heißt Mars, diesen wollen wir ihnen zuteilen. Wir helfen ihnen, dort Leben aufzubauen. Wir haben alles, was dazu benötigt wird. Nun, meine Lieben", sagte er, „Wir werden mit Sokolov an dem Projekt arbeiten, der Rest hat frei, genießt eure Ruhe." Alle gingen auseinander und was noch merkwürdig war: Alle waren Paare. Die Natur, wie sie auf der Erde war, nahm auch hier ihren Lauf. Alle waren müde. „Ich möchte schlafen", sagte Edeltraud. „Kein Problem, nimm dir einen Robby und lass dich in dein Schlafzimmer bringen. Das macht jeder." Alle schliefen gleichzeitig ein und wachten auch gleichzeitig auf. Ihre Roboterdiener waren bereit, jeden Wunsch zu erfüllen. Nach dem Rasten sammelten sich alle wieder im Speiseraum. Die Gerichte, von dem Roboter ser, Früchte waren perfekt. Sie hießen etwa wie Lamina. Nach dem Essen stand Donald Scott auf: „Wir haben eine Lösung gefunden." Alle sahen schweigend auf Donald Scott. Sie horchten, was für ein Schicksal sie erwartete. „Über die beschlossenen Details werdet ihr vom Chef der Delegierten, Ingenieur Jakowlew, informiert." Der stand auf. „Wir sind uns in den Hauptpunkten einig. Die Mondstadt liefert mit ihren Robotern alle benötigten Materialien und Werkzeuge. Da wir wenige Leute haben, übernehmen wir die Funktion der Ingenieure. Die Pläne werden zeitgerecht gefertigt. Begonnen mit den Arbeiten wird morgen. Und nun das Wichtigste:", er schwieg eine ganze Weile. „Wir besiedeln den Planeten Mars am Rande der Milchstraße. Nach den Maßstäben der Mondleute ist es hier in der Nähe. Also, Leute, lebt in Liebe und Frieden, gedeiht und mehrt euch." Alle gingen aus dem Speiseraum. Nach kurzer Zeit sah man Paare im Park flanieren. Die Sehnsucht auf beiden Seiten war sehr groß. Scott schaute den Paaren nach. Das frische Blut der Erdmenschen, der Nachwuchs der Paare, versprach etwas ganz Besonderes. „Unsere Leute werden kräftig und unsere Frauen hübsch sein. Unsere Robbys, die keine Gefühle haben, werden so eingestellt, dass sie den Erdmenschen in allem zur Seite stehen, mit Rat und vor allem Tat." Donald Scott nahm Platz auf der Bank am Wegrande. Sein lebhafter Blick schaute das niedliche Frauchen Li San Mon an. Sie fühlte es und schaute ihn an. Sie hatte auch ein paar Jahre alleinstehend verbracht. Ihr Mann kam ums Leben, als er eine Fähre zur Mondstation bastelte. Danach hatte sie alle Hände voll damit zu tun, sich Sorgen zu machen, und dafür, eine Ehe zu schließen, hatte sie keine Zeit und keine Gelegenheit. Ihr Blick war so sehnsüchtig wie auch bei Scott. Er kam hin, umschlang ihre Taille, drückte sie fest gegen sich. Sie wehrte sich nicht.

Sie nahmen weder ein Taxi noch ein anderes Bewegungsmittel, sondern gingen langsam in Begleitung von einem Roboter in sein Quartier. Das war offensichtlich der erste Schritt zurück zur Zivilisation der Menschen. Am nächsten Tag konnten sie zuschauen, wie die Robbys die Geräte und Materialien einpackten und auf den Mars beamten. „Ich muss verrückt sein", dachte jemand von den Erdmenschen, als er gegen Morgen aufwachte. Er ging zum Fenster und sah den Mond. Im Dunkeln leuchtete er immer wie eine Sichel, zur Erinnerung, dass er da ist. Kräftige Roboter, auf denen die schwerste Arbeit mit dem Umdisponieren der Baumaschinen sowie der Geräte auf den Planeten Mars lag, taten ihre Arbeit. Sie standen bereit in der Halle, wo die Maschinen und die Geräte standen. Sie packten große Packungen und beamten sie weg. Auf dem Mars empfingen andere Roboter die Maschinen und platzierten sie an der Stelle, wo das Eingangstor stehen würde. Am Tag zuvor, als die Entscheidung fiel, dass der Mars besiedelt werden würde, beamte man Ingenieur Kim und den Vermesser Pegasus von der Erde dorthin. Sie stellten ein paar Geräte auf und justierten sie. In ein paar Minuten war alles eingemessen und zur Mondstadt abgeschickt. Das Wichtigste, das auf diesem Planeten war: Es gab Luft, wenn auch etwas dünn. Nach einer kurzen Untersuchung entschieden sich alle für den Planeten. Die Pläne wurden vervielfacht und an den Roboter 001 geschickt. Er war der Chef aller Bauarbeiter und trug die Verantwortung für den gesamten Bau. Die für den Bau benötigten Materialien und Maschinen waren alle auf der Stelle. Der Roboter 001 meldete den Bauarbeitern über die Ringwellen, dass die Arbeiten nach dem Morgenschlaf beginnen würden. Es war das Jahr 2400. Wie die Ingenieure es abschätzten, passte alles bestens zusammen, zumindest in den Anfangsstadien. Nicht weit vom Tor gab es einen großen Krater, die Spur eines Meteoriten, der hier vor langer Zeit einschlug. Den könnte man verfüllen, damit wäre ein großes Stück von der Ballasterde weg. Die Arbeiten gingen schnell, die Robbys kannten keine Müdigkeit. Es wurde eingeplant, die Stadt auf zehn Ebenen zu bauen. Der Bau ging gut voran. Donald Scott und Jakowlew waren ständig beisammen. Sie besprachen die Lage, unter anderem den genetischen Fond der Bewohner dieser zwei Planeten. Der Planet konnte ein paar Dutzend Menschen in die Stadt aufnehmen. Es sollten mehrere kluge Köpfe entsandt werden, Politiker hingegen sollten nur ein paar einzelne dabei sein. „Wir wollen ja einen schönen Planeten haben und nicht einen Planeten, auf dem nur gelabert wird", sagte Sokolov. „Diese Auffassung ist zutreffend, glaubt mir, ich weiß, wovon ich rede", fügte er hinzu. „Der genetische Fond ist das Wichtigste, was wir hier brauchen. Die Nachkömmlinge müssen gesund und stark sein." Donald Scott stand ihm zur Seite. Die Erdmenschen schauten, wie der Bau vorankam. Die

Roboter waren fleißig, die Arbeit ging gut voran. Nach ein paar Monden war ein Raum fertig. Es waren wieder zehn Hektar oder ‚ein Stock' in der Erdsprache der Erdbewohner. Das Wichtige war, dass die Wände fertig waren. Die Roboter waren nunmehr beim Installieren des Haupttors und der Automatik zum Beamen. Es wurden Räume für den Gemüsegarten und für die Schlafzimmer eingerichtet. Dann kam Saphir. Mehrere Robbys waren bei ihm. Fast alles, was es in der Mondstadt gab, gab es jetzt auf dem Planeten Mars. „Mit dem Roboter im Gemüsegarten soll Edeltraut arbeiten", sagte Saphir. Noch ein paar Monde und die Quartiere waren bereit zu Beziehen. Donald Scott kam leise zu Sokolov: „Gratuliere, ihr könnt euer neues Heim beziehen. Alles, was euch am Anfang fehlen wird, findet ihr bei uns. Ich gönne den Robotern etwas Ablenkung und Ruhe." Sokolov schickte eine Nachricht zur Erde. „Macht ein Raumschiff bereit, in ein paar Tagen nehmt ihr Kurs auf die Marsstation." Es hieß nicht ‚zum Planeten Mars', sondern ‚zur Marsstation'. Damit wurde bestätigt, dass es auf dem Planeten Mars eine Station gab. Die Erde machte die nächste Expedition fertig und schickte sie los. Sechzig Mann, erneut sämtlich ausgebildete und hochkarätige Spezialisten von der Erde, nahmen ihre Plätze im Raumschiff ein. Als ob die Erdmenschen es fühlten, dass sie wenig Zeit hatten, wurde die dritte Expedition vorbereitet. Sie schafften es nicht zu starten – es passierte etwas, was der Erde das Ende brachte. Es gab keine Verbindung mehr zu der Erde. Die Erde konnte nicht mal melden, was passiert war. Die Mondstation beobachtete, dass ein anderer Planet Namens Trabl, wesentlich größer als die Erde, auf sie zukam. Die Astronomen rechneten aus, dass Trabl an der Erde vorbeisegeln würde, ohne ihr Schaden zuzufügen. Eines berechneten sie nicht. Mit den Jahren bedeckte sich die Erde mit Metalloiden und das ungleich. Sie war sehr magnetisch geworden. Dicht vor der Erde wechselte Trabl plötzlich seinen Orbit und prallte mit voller Wucht auf die Erde. Die Erde sprang von ihrer Achse und sauste durch das Universum. Sie nahm mehrere Planeten auf ihrem Wege mit, bis sie in der Atmosphäre verglühte. Mehrere Milliarden Menschen verglühten, ohne ein Wort sagen zu können. Wozu auch, es gab doch kein Lebewesen, mit denen sie Kontakt hatten. Die Trauer verschonte nur die zwei Expeditionen, die auf dem Mond und jetzt dem Mars ankamen. Mit Trabl passierte das Gleiche. Er verglühte im Universum, indem er noch mehrere Planeten in den Untergang mitnahm. Die Trauer dauerte lange, doch die Zeit heilte alles, auch die Erde. Sokolov stand oft vor dem Bild der Erde an der Wand. Er hatte auch das Bild seiner Familie daneben hängen. Außer dem Bild gab es nichts mehr. Er drehte sich weg, seine neue Familie wartete auf ihn. Einer der letzten Menschen der Erde wischte heimlich die Tränen aus den Augen. Neben ihm stand Grossman, der gerade in der

Mondstadt ankam. Auch er war einer der letzten Menschen von der Erde. Er stand mutterseelenallein und ging in sich. Sie alle kamen von anderen Kontinenten, kannten sich kaum. In ihren Augen standen auch Tränen. „Vergib uns, Erde, wir haben dich nicht geschützt. Wir nahmen nur von dir und gaben dir nichts zurück. Wir verseuchten dich mit allem, was nur möglich war. Vergib uns, Erde." Grossman war gottesfürchtig. „Das war die Strafe, die wir verdient haben", flüsterte er. Georg wachte schweißbedeckt auf. Er ging unter die Dusche und stellte sich unter den kalten Strahl, der Kopfschmerz ließ nach. „Ist bestimmt nicht mein letzter Traum", dachte er. Er zog sich an und ging zur Arbeit.

Simbimda

Das kleine Königreich

Fläche: 32 km, Einwohnerzahl: 13

Regiert von Axword dem Ersten

Das Königreich präsentierte sich eines Tages von seiner besten Seite. Der König kam unerwartet ganz groß raus. Der Grund war: Es geschah etwas, wovon niemand hätte träumen können und wovon die ganze Welt jetzt redete. Der Bohrmeister dieses Königreichs hieß Kross, sein Spitzname ist ‚der Kleine'. Woher er diesen Namen hatte, weiß ich nicht, auf jeden Fall ist er nicht klein. Hoch und schlank mit einer kräftigen Statur und guten Manieren gefiel er dem König. Er konnte es auch mit jedem im Königreich aufnehmen. Jetzt stand Kross vor einer Öffnung in der Erde. Eine Überdachung schützte ihn und seine Mitarbeiter vor Regen und Sonne. Er schaute schweigend in die Öffnung hinein. Mit einem Durchmesser von drei Metern drang der Bohrer in die Tiefe von Mutter Erde ein. Es war der Größte, den die Menschen je gebaut hatten für diese Zwecke. Jetzt erreichte der Bohrer eine Tiefe von 5000 Metern, was in der Bohrgeschichte auch noch nie vorgekommen war. „Wir sind nicht weit vom Mittelpunkt unserer Erde entfernt", scherzten seine Kollegen. Bis zu dieser Tiefe ging alles glatt. Unerwartet stieß der Bohrer ins Leere. „Anhalten", schrie plötzlich Kross, der Kleine. „Anhalten!" Und gleich noch einmal: „Anhalten!", als ob seine Leute das Kommando nicht gehört hätten. Langsam, ganz langsam kam das Bohren zum Stehen. Seine Schicht stand verzweifelt da. „Was kann da unten sein, Chef?", fragte einer seiner Mitarbeiter. Ihr Chef zuckte mit den Achseln. „Ich weiß es nicht", sagte er dieses Mal ganz leise, „Aber wir kriegen das raus." Er als der Erfahrenste konnte weiter schauen als seine Mitarbeiter. „Wir kriegen das raus", wiederholte er, so ruhig er nur konnte. Die Öffnung wurde abgedeckt. Die Mannschaft hatte frei, bis aufgeklärt wäre, was es da unten gab. Kross ging nach Hause und setzte sich an seinen Computer. Im Kopf hämmerte nur eins: „Was kann da unten sein?" Leise und monoton hämmerte es. Wach, wach, wach. Es schien ihm auch unrealistisch zu sein. „Kann sein, dass es da unten Wasser gibt." Doch diesen Gedanken trieb er auch von sich. „Wasser liegt viel höher, da sind wir längst durch. Es kann ein anderes Gestein sein, das weich wie Wasser ist, das der Wissenschaft unbekannt ist", dachte Kross. Bis Mitternacht saß er vor seinem Computer und rauchte. Jetzt kam ein anderer Gedanke, Kross ging seinen Gedanken nach. Unser Königreich zählt weniger als fünfzehn Mann. Unser König muss alles wissen. Das Königreich hatte eine Fläche von nur zweiunddreißig Kilometern. Er erinnerte sich, wie alles anfing. Eines Tages, noch als Junge, lud der König Kross zu sich ein. Von ihm kam er raus mit der Erlaubnis, in die Großstadt zu fahren, um dort zum Elektroniker ausgebildet zu werden. Er durfte auch studieren, als späterer Mechaniker der Bohrinsel. Er freute sich riesig. Er war gerade einmal fünfundzwanzig Jahre alt und wusste nicht, was sein König unter seinem Schädel ausbrütete. Doch der König wusste wohl, was aus dem Jungen werden könnte. Er unterstrich auch immer, dass der kleine Kross es weit schaffen würde. Jetzt stand er da als erfahrener Ingenieur und wusste nicht, was er tun sollte. Ihm kam der Gedanke, zum König zu gehen und seine Pläne mit ihm zu teilen. Dieses Problem war nicht so leicht zu lösen, wie es zu Anfang schien. Der König freute sich jedes Mal, wenn seine Leute kamen und ihn um guten Rat baten. Dieses Mal saßen sie lange. „Wie ich mir das vorstellen könnte, ist – unter uns – in großer Tiefe eine neue Lage, vielleicht sogar eine neue Welt." Des Königs Fantasie übertraf sogar die Fantasie von Jules Verne und Sir Arthur Conan Doyle. Es zu wagen, sich zu äußern, dass da unten eine andere Welt sei, das konnte niemand. Der kleine Kross, ein praktischer Mensch bis in die Markknochen, glaubte nicht, dass es die zweite Welt gab. Jetzt schwiegen sie beide bedrückt. Der König saß da und biss seine Lippen so fest zusammen, dass sein Ingenieur dachte, sie fangen an zu bluten. „Ich habe eine Idee", sagte der König und brach damit

36

das lange Schweigen. „Im Nachbarland gibt es große Elektronikfabriken. Die machen alles Mögliche für die Bohrinseln. Sie machen auch größere Sonargeräte, mit denen man den Boden oder den Raum abtasten könnte, auf den unsere Bohrer gestoßen sind." Der König hatte wohl Ahnung von Elektronik. Der kleine Kross saß schweigend da. „Ich muss Zeichnungen von dem Bohrvorgang fertigen, mein König, der allen so einen Kopfschmerz bereitet. Ich mache die Skizzen mit meinen zwei Kollegen." In zwei Wochen waren die Skizzen fertig. Der König vertraute seinen Leuten, er drückte einfach sein Siegel darauf und sagte: „Viel Glück." Alle notwendigen Arbeiten wurden erledigt und die Papiere gingen mit dem Boten zur Großstadt in die Elektronikwerke. Jetzt bekam ihre Arbeit Schwung. Die besten Kräfte wurden in diese Fabrik herbeigeschafft. Der Betrieb bekam einen Schwung, so wie noch niemand es hier gesehen hatte. Der kleine Kross erteilte der Fabrikleitung die Anweisung, alles zu tun, um dieses Projekt geheimzuhalten. Es war eine Arbeit mit dem höchsten Schwierigkeitsgrad. Es dauerte noch ein paar Wochen, da wurde der Aufsatz für den Bohrer ausgeliefert. Für den kleinen Kross fing die Arbeit an. Sie packten die Teile aus. Diese glänzten und strahlten, als ob sogar sie den Moment richtig einschätzen wollten, sagten seine Mitarbeiter. Mit großer Vorsicht wurde der Bohrer hochgezogen. Der kleine Kross mit diesem auch. Leute aus der Fabrik montierten die

Kamera an. Es wurde dunkel. Es kam nicht infrage, bei künstlichem Licht die Arbeiten weiterzuführen. Es durfte nichts schiefgehen. „Ruhe für alle!", gab Kross ein Kommando, er selbst ging zum König. Dieser wartete auf ihn. Es passierte Unerwartetes. Der König war total gerührt, stand auf, ihm entgegen. „Jetzt aber, mein Lieber, erzähle mir alles." Er zeigte auf den Stuhl neben sich. „Ich bin nicht auf dem neuesten Stand mit meinen Kenntnissen." Der kleine Kross erzählte den gesamten Verlauf der Arbeiten des Tages. „Jetzt müssen wir die Kamera runterbringen. Irgendwie sagt mir mein Gefühl, dass da unten Lebewesen sind." Kross hatte seine Meinung geändert, er glaubte jetzt, dass dort menschliche Wesen sein könnten. „Das werden wir in den nächsten Tagen sehen." Beide waren so angespannt, dass man es ihnen ansah. Der König stand auf. „Du musst ein bisschen schlafen", sagte er zu Kross. „Morgen sehen wir, was der Tag uns bringt." Der nächste Tag kam. Ganz langsam kam der Bohrer nach oben. Jetzt wurde die Kamera montiert. Es ging der gesamte Tag drauf. Es wurde dunkel. „Feierabend", sagte Kross. „Es darf kein Fehler passieren wegen der schwachen Beleuchtung." Er ging nach Hause. Der kleine Kross schlief diese Nacht besser, auch wenn die Anstrengung sehr groß war. Ihn überwältigte die Müdigkeit. Am nächsten Morgen kam er zur Stelle. Alles wurde noch einmal geprüft. Kross ging zum Schalter. „Bohrer nach unten", sagte Kross so, dass alle es

38

hören konnten. Sein Gesicht war dabei etwas blass. Seine Kollegen schwiegen. Er drückte den Schalt-knopf. Millimeter für Millimeter ging der Bohrer mit der Kamera nach unten. In zwei Tagen brachte der Bohrer die Kamera zum Ziel. Die Kamera kam an. „Die Haupt-Kamera einschalten!", sein Kom-mando klang leise, als ob er die Stimme verloren hätte. Doch alle hörten es. Der Monitor leuchtete auf. Kross sah einen leeren Raum. Ihm stockte der Atem. „Der König muss her", sagte er zu einem sei-ner Kollegen. Der rannte zum Telefon und brachte Kross den Hörer. „Mein König, wir haben das Bild", sagte er. „Ich bin in zehn Minuten bei dir", sagte der König. Kross rückte zur Seite, der König nahm den Platz am Monitor ein. Auch ihm stockte der Atem. „Ich sehe Menschen", sagte er, und gleich darauf: „Das Mikrofon her!" Er reagierte so, als ob er alles im Voraus wusste. Ab diesem Zeitpunkt war dies ein Problem der gesamten Welt. Er nahm das Mikrofon in die Hand: „Hier ist Simbimda, ich bin der König. Wir haben in den unterirdischen Räu-men Lebewesen entdeckt, sie sehen aus wie wir." Er gab das Mikrofon ab. „Geben Sie das wei-ter durch, sodass es die ganze Welt erfährt", sagte er zu seinen Leuten. Radio, Telefon und Internet waren überlastet. Es kamen aus allen Ländern die Bitten, nach Simbimda einreisen zu dürfen. Natür-lich gab es wenige, die diesen angeblichen Unsinn glaubten. „Der König spinnt", sagten die einen, o-der: „Seine Untertanen haben ihn belogen." „Ist vielleicht nur ein Scherz", äußerten sich andere. Ein Ausschuss der UNO wurde zusammengestellt. Die Grenze des kleinen Landes wurde von dem UN-Militär abgeriegelt, es wurden nur die gelernten Biologen, Chemiker und Fachleute, die Erfahrung in besonderen Situationen hatten, ins Land gelassen. Der König wurde plötzlich von einem kleinen Befehlshaber zu einem großen machtvollen Herrscher, so schien es ihm zumindest. Sie schauten ab und zu in die Bohröffnung. Es waren bestimmt Menschen da unten. Kross machte dem Schauspiel ein Ende. Er befahl seinen Arbeitern, eine Sperrung um das Lager aufzustellen. Jetzt konnte niemand zu der Öffnung gelangen, außer den Soldaten, die bei der Absperrung Wache hielten. Der kleine Kross machte sich auf zu seinem König. „Morgen wollen wir mit der Vorbereitung beginnen. Wir lassen eine Gondel runter mit einem Menschen. Hast du jemanden im Sinne oder ...", der König schloss den Satz nicht ab. Kross schwieg eine Weile, dann sagte er leise: „Danke, mein König, für Ihr Vertrauen." „Du hattest mich falsch verstanden", sagte dieser. „Doch, mein König, aber diese Arbeit mache ich am besten, ich habe es ja entdeckt." Das Blut raste in den Adern von Kross nach diesen Worten. „Danke, mein König, für das Vertrauen", wiederholte er. „Morgen machen wir einen Versuch." „Bitte sei vorsichtig", der König stutzte, dann umarmte er ihn. „Morgen warte ich hier auf dich." Er wandte sich ab, die Audienz war zu Ende. Kross ging durch die Tür. „Warum ist es mir zum Weinen?", sagte leise der König, als Kross draußen war. Er hatte das Bedürfnis, alleine zu sein. Zu dem Zeitpunkt saß eine Gruppe von Menschen unten in dem Raum zusammen. Schwere Gedanken gingen ihnen durch den Kopf. Slu war der Älteste unter ihnen, er war ihr Anführer. Er stand auf. Schwer atmend sagte er: „Dort oben tut sich etwas, und wir wissen nicht, was es ist. Was wir wissen, ist, sie bohrten ein großes Loch, bis in unsere Räume. Ich schätze, sie lassen sich herunter. Was können wir tun?" Sein fragender Blick tastete seine Leute ab. Kra, der Stärkste unter ihnen, sagte: „Wir werden kämpfen. Das Loch, das zu uns führt, können wir schützen, doch ich meine, es ist besser abzuwarten, bis sie da sind." „Hast es gut gesagt, Kra, wir müssen abwarten." Rust und Göh waren fast immer gleicher Meinung. Heute lag besondere Last auf ihrer Antwort. „Ich möchte etwas sagen", Rust erhob sich. „Den Eingang in unsere Stadt darf niemand sehen, außer uns." Göh nickte einverstanden mit dem Kopf. „Niemand!", wiederholte er. „Auch unser Versteck sollten wir niemandem zeigen." „Wenn sie uns aber zu sich einladen?" Slu war bleich, anscheinend lastete auf ihm die Last der Verantwortung. Er hatte es am schwersten. Er atmete schwer. Die Frauen, die mit ihnen standen, atmeten auch schwer. „Die Frauenherzen sind weicher als die der Männer", dachte Slu. „Die müssen wir verschonen und beschützen um jeden Preis. Wir müssen sie schützen mit allen Mitteln, die wir haben." Es war die wichtigste Aufgabe für Slu und seine Kollegen. Sie besprachen noch einige Details. Wieder erhob sich Slu: „Natürlich wissen wir, dass wir uns wehren können." Die vier Männer aus dem Rat, die hier saßen, standen auch auf. Alle waren angespannt. „Sag mal, Kra, wollen wir das machen?" Slu schaute alle nacheinander an. „Wir können sie nacheinander abschießen, sobald sie im Loch erscheinen. Wir können auch das Loch zubauen." Alle schwiegen. „Aber wer gibt uns die Garantie, dass damit alles endet? Wir wissen, dass diese Kreaturen stur sind. Ich glaube, wir müssen mit ihnen reden. Wenn diese Kreaturen solche Löcher bohren können, können sie bestimmt mehr. Wir müssen abwarten, bis sie rüberkommen." Die drei waren mit Slu einverstanden. „Wir müssen abwarten", sagten sie. Nach ein paar Tagen hörte man wieder das Geräusch. Die Kameras waren unten, doch Kross war ein Stück höher. „Sie studieren uns", sagte Slu. „Aber wir lassen sie uns ruhig sehen." Mal der eine, mal der andere ging vor den Kameras vorbei. Kross saß auf dem Sitz und machte Skizzen. Er präsentierte sich als ein Lebewesen. Ihre Sprache konnte Kross sowieso nicht. Er ließ den Wagen noch ein bisschen runterrutschen und stieg von Stuhl. Mit großen Augen schauten ihn die Einheimischen an. Jetzt legte Kross zwei Hände aufs Herz, verneigte sich vor den Einheimischen. „Ich komme von oben", er zeigte mit dem Zeigefinger nach oben. „Von der Erde, wollte euch mal besuchen." Er lächelte, es war eine Sprache, die alle kennen sollten. Doch sie verstanden ihn nicht, nur an dem Lächeln erkannte er, dass sie es friedlich mit ihm meinten. Sie versuchten, mit ihm zu reden, es klappte nicht. Plötzlich erinnerte sich Kross an Esperanto. An der Uni konnten sie mit dieser Art einer Sprache kommunizieren. Jetzt weckte er diese Kenntnisse in seinem Gedächtnis. Zu seiner großen Freude, auch zur Freude der Einheimischen, konnten sie so kommunizieren, sie verstanden sich ein wenig. „Woher weiß du unsere Sprache?", fragte Kross. „Wir verständigen uns in dieser Sprache, das ist unsere Sprache. Sie ist uns bekannt seit vielen Jahren, genauer kann ich es dir nicht sagen." „Habt ihr auch einen Namen, wie heißt du?" „Slu", sagte der Einheimische. „Ich heiße Kross, und so begrüßen wir uns", er reichte Slu die Hand. Zu seiner Freude reichte Slu ihm auch die Hand. Sie bekräftigten ihre Bekanntschaft mit dem Händeschütteln. „So schnell Bekanntschaft zu schließen, gelang mir noch nie", dachte Kross. Es war anzunehmen, dass Slu sich auch wunderte. Kross fragte die wichtigste Frage, die ihn quälte: „Wie seid ihr hierhergekommen?" „Vor vielen Generationen brachte der Schöpfer uns hierher und sagte: ‚Das alles hier gehört euch.'" „Ist euer Wohnort groß, leben viele Leute hier?" „Hier Lebende gehören zu Sippen. Wir sind eine Sippe und sind ...", er schaute auf seine Finger an beiden Händen. „Zehn mal zehn. Ich glaube, ein paar sind gestorben." Slu schwieg einen Moment. „Es gibt hier noch mehrere Sippen. Ich glaube, in unserer Sippe sind auch ein paar gestorben oder als Verbrecher gegeißelt worden. Wie viele es in den anderen sind, weiß ich nicht." „Wovon ernährt ihr euch?" „Wir arbeiten, säen und ernten und ernähren uns." „Das tun wir auch", sagte Kross. „Und was wächst hier?", wollte Kross wissen. „Wir bauen an: L-Joka S-Joka, Geb.-Joka und andere Kulturen." „Sag mal, alle Kulturen enden auf der Silbe ,Joka', warum das?" „Die anderen Sippen, die wir kennen, haben vor der Kultur den Buchstaben ,F'. Unsere Nahrung schmeckt gut und ist gesund. Krankheiten gibt es hier so gut wie nie. Unsere Joka heilt fast alle Krankheiten. Ich meine alle Krankheiten, die es hier fast nicht gibt." „Gibt es bei euch auch Verbrecher? Gibt es auch ein Gericht?" „Nein, Verbrecher gibt es selten, Gericht keins. Wenn jemand ein Verbrechen begeht, der wird ausgesperrt und bleibt dort, bis er stirbt. Wir hörten von unseren Ureltern, dass es Verbrecher gab, und sie wurden gerichtet. Einen Fall gab es: Einer von uns sperrte jemanden aus der anderen Sippe aus und der starb." „Wie habt ihr ihn gerichtet?" „Wir haben ihn nicht gerichtet, wir sperrten ihn einfach aus, er starb desselben Todes." „Gutes Gericht", sagte nachdenklich Kross. „Vor allem gerecht." „Wo kamst du her, durch das Loch?" „Ja, ich kam durch das Loch. Da oben leben viele Leute. Dort gibt es Kranke, die Luft ist nicht rein, es gibt viele Verbre-

44

cher und viele Gerichte, die die Verbrecher richten." „Warum lebt ihr in einer solchen Welt?" „Wir sind dort geboren und leben dort." Sie saßen eine Weile auf dem Boden, dann sagte Kross: „Ich muss nach oben, hierher kommen kluge Leute, die werden nett sein und bringen euch nach oben." Kross setzte sich auf den Fahrstuhl und fuhr nach oben. Seine Arbeitskollegen umzingelten ihn. „Was hast Du gesehen? Was ist da unten, sind Leute dort? Sehen sie aus wie wir?" Die Fragen schienen kein Ende zu haben. Kross warf noch einen Blick auf sie. „Ich muss zum König. Er hat mir befohlen, sofort zu ihm zu kommen, sobald ich zurück bin." Er ging zum König. Der saß in seinem Office, bei ihm ein Professor, der Biologe Stamm mit seinem Kollegen, Professor Sinizin. Der König bot ihm den Sessel neben sich an. „Das ist der Mann, der unten war", sagte er stolz. „Professor der Biologie, Stamm", stellte er die anderen vor. Er hatte ein etwas breites Gesicht und dicht beieinander gesetzte Augen. Kross schien es, als ob er ihn durchschaute. „Kommt bestimmt aus Mittelasien", dachte Professor Sinizin. Der König drehte sich zu seinem zweiten Gast, Sinizin, dem Chemiker. Kross verneigte sich wieder vor dem Gelehrten. „Erzählen Sie mal was von Ihrer Reise, was Sie dort unten sahen." Kross schaute fragend den König an. „Nur los, diese Leute müssen alles wissen, schließlich haben wir eine neue Welt entdeckt." „Ich erzähle es von Anfang an." Der König nickte aufmunternd: „Nur los, diese Mannschaft darf es wissen." Kross erzählte, mit wem er geredet hatte, wie sie aussahen. Er erzählte von der Joka, die sie aßen, dass sie geteilt sind in Sippen, bei denen eine Sippe die andere nicht kennt. Der König rutschte ständig auf seinem Sessel hin und her. „Sag uns mal, Kross", bat der König, „Wie habt ihr euch verständigt, was für eine Sprache benutzen die?" „Wir verständigten uns über Esperanto", sagte Kross. „Alle Achtung", alle drei bekamen auf einmal lange Gesichter. „Ich verstand fast alles", sagte Kross. „Ich lernte Esperanto auf der Uni, nur so zum Spaß." „Schöner Spaß!", der König klatschte plötzlich in die Hände. Er war überwältigt von seinen Gefühlen für Kross. „Mein Mann", sagte er stolz. „Ich wusste, wen ich entsende. Unser kleines Königreich hat die größten Talente auf dieser Welt und jetzt nicht nur auf dieser." Plötzlich klopfte er mit den Händen auf die Knie. „Sag mal, hast du heute schon was gegessen?" „Nein, mein König, aber das ist nicht so wichtig. Ich kann später essen." „Nein, auf keinen Fall", er nahm das kleine Glöckchen vom Beistelltisch und klingelte. Natürlich gab es hier elektronische Klingeln aller Art, doch er nahm das altmodische Glöckchen. „Wie niedlich", dachte Kross. „Der König mit einem Glöckchen, dabei sind wir mitten im Jahr 2400." Sofort erschien der Koch. „Mein Freund hat heute noch nichts gegessen." Zu Kross sagte er: „Nach dem Essen gehst du nach Hause und schläfst dich gut aus." Der Koch nahm Kross an der Hand und führte ihn in den Speiseraum. Nach dem guten Essen machte er sich auf nach Hause. Seine Frau Lin war auch den ganzen Tag an der Stelle, an der ihr Mann nach unten gefahren war. Sie sah, dass er kaputt und müde war. Er warf sich auf sein Bett und schlief sofort ein. Er wurde wach, es war spät am Morgen. Erschrocken stand er auf und ging unter die Dusche. Dann setzte er sich an den Tisch und stopfte sein Frühstück in fünf Minuten in sich hinein. „Ich gehe, Liebes", gab ihr einen Kuss auf die Wangen und verschwand hinter der Tür. Er kam zu seinem Arbeitsplatz. Als Erstes nahm er die Papiere von dem Fahrstuhl und bestellte noch einen. Neben der Baustelle richtete man Wohnungen ein, für die hohen Gäste. Die Professoren freuten sich – in den Häusern dort hatten sie Essen und Schlafmöglichkeit an einer Stelle. Die kleinen Bedürfnisse waren für die großen Leute auch wichtig. Die Professoren waren schon auf dem Platz und warteten, wann sie nach unten dürften. „Ich habe noch einen Fahrstuhl bestellt, meine Herren, er müsste gegen Abend da sein. Und jetzt, meine Herren, wer will zuerst nach unten?" Die Professoren schauten einander an, sie mochten gerne alle als Erste, doch man sah ihnen an, dass sie auch etwas Angst verspürten. „Der Biologe kann zuerst", sagte Kross, und setzte ihn vor das Pult. „Hier sind drei Knöpfe: Einen drücken, der Stuhl fährt nach unten, der andere nach oben, der in der Mitte, das ist der Stopp-Knopf. Der Professor nahm Platz auf dem Stuhl.

„Bis zum Mittag möchten Sie bitte wieder da sein, Professor, Ihr Kollege glüht vor Ungeduld." Gegen Mittag kam der Professor zurück. Er sah verwirrt aus. Er sagte nur: „So etwas muss man sehen, meine Herren, anders kann man dem nicht Glauben schenken." Jetzt nahm Professor Sinizin Platz im Fahrstuhl. Der Fahrstuhl legte ab und verschwand in der Tiefe. Gegen Abend kam er zurück, sein Diktiergerät prallgefüllt mit dem, was er gesehen und gehört hatte. Abends kam aus der Fabrik der zweite Fahrstuhl. Dieses Mal kamen die Mechaniker aus der Fabrik mit. Sie montierten den Stuhl an das Rohr. Es war alles fertig. Kross und seine Leute probierten ihn aus und verließen das Rohr. Abends sagte Kross zum König: „Wir brauchen einen Linguisten. Wir brauchen jemanden, der vielen Sprachen kann. Vielleicht finden Sie was Gemeinsames." „Mache ich sofort." Der König klingelte, der Schreiber kam herein und erledigte alle Formalitäten. Am Morgen kam der Fachmann mit seinem Koffer, es wurde für die Professoren noch ein Wohnwagen hergebracht. Nach kurzer Zeit zog der Linguist ein. Jetzt gab es etwas freie Zeit. Der Fahrstuhl brachte die ersten zwei Professoren nach unten. Der Fahrstuhl kam zurück, der Linguist machte sich auf seinen ersten Weg. Später erzählte er: „Mein Körper wurde schlapp, meine Hände zitterten, mir schien, meine Füße seien aus Gummi. Die anderen Menschen zu sehen, in eine andere Welt einzudringen – das alles war für mich zu viel. Ich

48

fühlte mich wie ein Baby, das mit großen Augen die Welt erblickte und nichts sagen konnte." Während der Biologe und der Chemiker Proben von der Luft, dem Gestein und von anderen Dingen machten, versuchte der Linguist, mit den Leuten zu reden, ihre Sprache zu verstehen. Er sah, dass Schüchternheit ihnen unbekannt war. Sie kamen, lächelten freundlich und erzählten was, das unsere Leute nicht wussten. Unser Linguist konzentrierte sich auf drei Mann – auf die uns schon Bekannten von dem Gespräch mit Kross. Unser Linguist konzentrierte sich, und man muss sagen, kommunizierte erfolgreich auf Esperanto. Langsam kristallisierte sich ein neuer Faden der Sprache heraus. Endlich verstand er, dass es die Sprache eines Volkes war, das weit abgelegen war in der afrikanischen Savanne. Die Sprache benutzte ein kleiner Kreis von Menschen, die als Eremiten lebten. Die vermehrten sich, indem sie irgendwie einander trafen, und bildeten Sippen. Der Professor erinnerte sich jetzt an ihre Sprache und versuchte, mit ihnen zu kommunizieren. Er hatte Erfolg. Sie verstanden ihn gut und konnten sich mit ihm unterhalten. Er fragte Göh, der schien ihm am besten gebildet zu sein, wenn man das Wort ‚gebildet' hier benutzen darf. „Woher habt ihr diese Sprache?" „Der Schöpfer gab uns diese Sprache. Einige unter uns sprachen diese Sprache, seitdem reden wir in dieser Sprache." „Sag mal, Göh, verlasst ihr diese Räume?" „Eigentlich schon, ich war einmal draußen." „Was hast du dort gesehen?" „Dort ist unser Friedhof, wir beerdigen dort unsere Toten." „Leben dort auch Menschen?" „Das weiß ich nicht, weil nur jemand an diesen Ort kommt, wenn er unsere Toten dort hinbringt." „Liegen die Toten lange dort?" „Nein, sie verschwinden." „Kannst du mich dort hinbringen?" „Ohne Erlaubnis und ohne Toten darf dort niemand hin." Der Professor konnte sich kaum halten, um nicht zu sagen: „Sind bei euch auch Kranke oder Alte, die bald sterben werden?" Zu seiner großen Verwunderung antwortete Göh: „Der alte Les, ihm geht es nicht gut, der stirbt bald." Unser Linguist war schlau, er brachte Süßigkeiten und gab sie Göh: „Verteile sie unter allen, die schmecken gut." Der Linguist steckte eine in den Mund: „Iss", sagte er zu ihm. Göh nahm ein Bonbon in den Mund. „Well", sagte er verwundert, „es schmeckt gut." „Verteile sie unter euren Leuten, morgen komme ich und bringe noch mehr." Der nächste Tag kam. Der Professor Stamm und sein Kollege Sinizin fuhren nach unten und schickten den Fahrstuhl zurück. An der Reihe waren jetzt Professor Krebs und mit ihm Kross. Er wollte nachsehen, ob mit dem Andocken und der Kamera alles in Ordnung war. Er kehrte zurück. Die drei Gelehrten taten ihre Arbeit. Sinizin suchte nach chemischen Elementen. Er stand gebeugt über einen Felsbrocken. „Stellen Sie sich vor, meine Herren, aus so einer Tiefe konnten wir nicht mal Proben zur Untersuchung in Labor nehmen, so tief haben wir

50

nicht mal gebohrt. Jetzt stand ich vor dem Stein-
brocken und dachte, ich bin der erste auf der Erde,
der diesen Ursteinbrocken erfasst und mit sich in
sein Labor nimmt." Der Professor war sichtbar gerührt, das sah man ihm an. „Ich habe auf dieser Erde nicht umsonst gelebt." Er war gerührt wie noch
nie im Leben. Er brach einen Brocken vom Felsen
ab und legte ihn in seine Wandertasche. Weiter
hinten sah er wieder einen Brocken. Ermüdet setzte
er sich auf einen dieser Felsenbrocken. „Was ich
hier sah und aufnahm, reicht mir bis an mein Lebensende. Ich bin berühmt, ich bin glücklich",
schrie er plötzlich los. Es war für ihn selbst unerwartet. "Ich darf nicht durchdrehen", dachte er. Er
machte seinen Rücken gerade: „Geht es Ihnen auch
so, meine Herren?" „Ja, genau, die Gefühle überwältigen mich auch." Professor Stamm ging ein
bisschen zur Seite, er wollte mit seinen Gefühlen
alleine sein. Er wusste, es gelingt nicht, und kam zu
den anderen beiden. Spät nachmittags fuhren die
zwei nach oben. Unten blieb nur der Wissenschaftler Krebs. Er hatte seine Pläne. Er wollte wissen,
wie die Leute da unten lebten, was sie aßen, wie
die Frauen sich aufführten. Zu seinem Erstaunen
war vieles anders, als er sich vorgestellt hatte. Er
entschied, als Begleiter Slu mit sich zu nehmen.
„Ich möchte wissen, wie ihr lebt, wie ihr esst, wo
ihr schlaft." Zum Wundern war, als er vom Schlafen
redete, änderte sich was im Gesicht von Slu. Er
wirkte verschlossen, was Professor Krebs nicht er-

wartete. Er musste seinen Charme anwenden. „Ich habe was vergessen", sagte er, und zog aus seiner Tasche Süßigkeiten und ein blumiges Kopftuch. „Für deine Frau", sagte er. Ein Lächeln überzog sein Gesicht. Er legte seine Handflächen aufeinander, was heißen sollte ‚Freundschaft', nahm Krebs an der Hand, und führte ihn zu seiner großen Bewunderung in einen Nebeneingang. Anstatt Betten lagen auf dem Boden große Blätter. Übrigens, im Raum war es warm. Frauen lagen und saßen auf dem Boden. Unter ihnen auch Schwangere. Sie fühlten sich eigentlich wohl. Eine der Frauen stand auf und führte den Professor auf einen freien Platz auf dem Bett. Slu brauchte anscheinend keine Erlaubnis zum Setzen. Er ging einfach hin und setzte sich neben den Professor, wobei die anderen sich keine Sorge machten. Krebs holte aus seiner Tasche die Süßigkeiten. Er hatte große Taschen, dieser Professor. Die Frauen glühten vor Freude. Sie schmiegten sich an ihn. „So viel Freude können die zivilisierten Frauen nicht aufbringen", sagte er anschließend. Er ging herum, schaute ihr Geschirr an. Ich glaube, der Leser versteht, dass das Geschirr hier nicht aus der zivilisierten Welt stammen konnte. Es war alles aus Blättern der Lulu, wie es der Linguist nannte. Sie waren so stark wie eine dünne Matratze. Unser Wissenschaftler staunte. Er war umgeben von Sachen, die noch nie ein Mensch gesehen hatte. Ab und zu kam eine der Frauen hinüber und schmiegte sich an ihn. „Wie kleine Kinder", dachte der Professor. In ihm wachte ein Mann auf, der sich vor Sehnsucht kaum halten konnte. Ihre Liege, so wie auch das Kochgeschirr, war aus Blättern unterschiedlicher Pflanzen. Auf manchen Blättern sah man noch die Speisereste. Es roch auch gut. Am nächsten Tag kann Linguist Krebs nach unten, er hatte wieder Geschenke und dazu Stoff für die Frauenkleider. Ganz schlau, dieser Professor. Die Freude der Frauen war unendlich. Solch schöne Sachen öffneten Frauenherzen. Krebs erzählte nachher: „Sie standen da und wussten nicht, was man damit tut. Ich nahm ein Stück Stoff und wickelte es um eine Frau, bei der ich mehr Zuneigung fand, nicht wahr, Professor?" Er ließ alle Fragen ohne Antwort, ihm war es ohne Bedeutung. Eine besondere Schönheit strahlte diese Frau aus. Alle Frauen schauten sie an, so etwas als Kleidung hatten sie noch nie gesehen. Alles, was sie sonst sahen, waren Baumblätter, mit denen sie ihre Scham bedeckten. Diese Frau war eine Schönheit der Natur, aber jetzt, in diesem Gewand, war sie noch schöner. Slu, der Anführer, saß verstummt am Boden und brachte kein Wort hervor. Er sagte kein Wort, saß nur schweigend da und schaute die Frau an. Den Professor besuchte ein blöder Gedanke, er wollte wissen, ob diese Leute eifersüchtig waren. Er umarmte sie und gab ihr einen Kuss auf den Mund. Sie leckte ihre Lippen ab. Jetzt sah der Wissenschaftler, dass sein Kuss ihr sehr gefiel. Slu schaute immer wieder, mal auf die Frau, mal auf den Professor, als ob mit denen was passieren könnte. „So etwas nennt man einen Kuss", sagte der Wissenschaftler. Slu stand auf, ging zu der Frau und gab ihr einen Kuss. Er wollte anscheinend klären, ob jeder Kuss gleich war. Diese Leute verstehen nicht, wie man besser leben kann, aber sie verstanden sofort, warum das Leben so schön ist und was Liebe ist. Diese Sprache ist sowieso allen verständlich. Professor Krebs kam jetzt der Gedanke, woher die Zugluft kam. In allen Räumen blies immer frische Luft durch. Slu brachte ihn ein Stück weiter. Der Gang schien unendlich zu sein. Slu führte den Professor den Gang entlang. „Dort ist auch ein Loch", sagte er. Am nächsten Tag gingen die zwei in die andere Richtung. Nach mehreren Kilometern entdeckte Stamm den Ausgang aus der Unterwelt. Es war ein Krater. Der Krater war total zugewachsen mit allerlei Gewächs. An einer Seite baute man einen Käfig. „Wofür ist der Käfig?", fragte er. Da werden Verbrecher eingesperrt, und bleiben dann, bis der Verbrecher stirbt", sagte Slu. „Alles klar", sagte der Biologe. Jetzt wissen wir, dass es möglich ist, dass ein Mensch von der Erde auch bestraft wird, auf diese Art. Der Professor verabschiedete sich und fuhr nach oben. In seiner Tasche trug er anstatt Süßigkeiten seinen Rekorder, prall gefüllt mit Informationen. Am nächsten Tag machte sich unser Professor der Biologie, Stamm, mit ein paar Männern auf die Suche nach Lebewesen, mit denen sich die Menschen hier ernährten. „Ich sah an einer Stelle Kno-

54

chen", sagte der Biologie. „Also muss es auch Lebewesen geben, von denen die Menschen sich ernähren." Solche Lebewesen gab es, ohne ging es nicht. Halbwegs verständigte er sich über das, was er suchen wollte. Sie gingen den Hauptgang entlang, dann bogen sie in eine Nebengasse. Es öffnete sich vor ihnen ein großer Raum. Biologe Stamm glaubte seinen Augen nicht. Überall saßen oder liefen im Raum Tiere. Sie waren einem Kaninchen sehr ähnlich. Das waren bestimmt Fleischkaninchen, ihre Nahrung. Der Professor hatte seit seiner Jugend die Angewohnheit, alles in seinem Block zu notieren. Diese Angewohnheiten behielt er bis ins Alter. Die Angewohnheit half ihm jetzt. Er zeichnete nicht nur Namen auf, sondern auch Bilder. Gut gelaunt machte er sich zum Aufzug und fuhr nach oben. Überwältigt vom Gesehenen, konnte er nicht alleine sein, er ging zu Krebs. „Ist mir langweilig, Kollege", sagte er. „Darf ich mich zu ihnen gesellen?" „Natürlich, Kollege, kommen Sie herein." Er kam herein, es vergingen nicht mal fünf Minuten, und es klopfte wieder an der Tür. Es war unser Chemiker Professor Sinizin. „Sind Sie auch überwältigt von den Eindrücken?" „Ja, Kollege, ich finde buchstäblich keinen Platz. Ständig denke ich daran, was mit den Leuten wird, wenn wir abziehen." Eine lange, nachdenkliche Pause stellte sich ein. „Wir werden sehen", sagte der Sprachwissenschaftler. „Ich habe auch schon eine Idee, doch ich schweige erstmal. Erzählen Sie mal, was war das Wichtigste, das Sie heute sahen?" Der Biologe rutschte auf seinem Stuhl. „Beinahe hätte ich heute geheiratet", sagte er. Seine zwei Kollegen schauten ihn erstaunt an. „Wie, geheiratet?", wollte Professor Sinizin wissen. „Ihre Frauen haben dieselben Gefühle wie die Frauen der Zivilisation. Ich schenkte ihr Stoff für ein Gewand, dann gab ich ihr einen Kuss auf die Lippen, um die Reaktion dieser Frauen zu erforschen. Ich überzeugte mich, dass sie mehr Liebesgefühle und Zuneigung haben als unsere Frauen. Wenn ich jünger wäre, hätte ich dieses niedliche Geschöpf mit mir genommen", sagte der Professor ernst. Ein Schweigen stellte sich ein, dann plötzlich brachen alle in Lachen aus. „Eines steht fest, meine Herren", sagte der Sprachwissenschaftler. „Wenn man zu ihnen geht, sollte man Geschenke mitnehmen in Form von Süßigkeiten oder schönem Stoff. Wir arbeiten erstmal weiter, jeder in seinem Fach." Besonders viel Kontakt mit ihnen hatte der Biologe, er wurde in weitere Räume geführt, dort entdeckte er viele Lebewesen, die als Speise dienten. Es kam der Tag, an dem sie entscheiden mussten, wann sie mit ihrer Arbeit fertig wären. Und die große Frage war nicht nur, wann sie nach Hause fuhren. „Ja, meine Herren, was wird mit diesen Menschen, wenn wir hier wegziehen?", sagte Professor Sinizin. Es vergingen viele schlaflose Nächte, bis sie endlich die Entscheidung trafen. Besonders betroffen war Professor Sinizin. „Ich schlage vor, meine Herren, diese Leute in ein Reservat zu übersiedeln, wo sie leben und ihre Bräuche pflegen sollen, bis sie sich dort eingewöhnen." Alle waren einverstanden. Sie schrieben einen Brief an den Präsidenten der Vereinigten Staaten und baten den Präsidenten, ihren Vorschlag anzunehmen.

Kontinente reiben sich aneinander

Simon stand mit gesenktem Kopf da. Einen Weg, von hier wegzukommen, sah er nicht. „Unsere Nachkömmlinge werden wohl auch hier leben und sterben müssen", dachte Simon in sich gekehrt. Wie schön war es, unter den Menschen zu leben. Er seufzte, ein ungewolltes Tränchen rollte aus seinen Augen. Niemand war neben ihm, er wischte es mit der Hand ab. „Gut, dass niemand neben mir ist", dachte er. Eine Expedition von sechs Menschen machte sich auf den Weg. Ihr Ziel war, den Klecks, der nicht sehr weit von ihrem Wohnort entfernt war, zu besteigen, davon träumten sie. Doch jetzt kam die Realität und sie schien ganz anders zu sein als ihre Vorstellung. Es taten sich junge Leute zusammen, drei Frauen und drei Männer. Es kamen noch zwei dazu, von denen erzähle ich nachher. Eigentlich war nur eine Spritztour geplant, am nächsten Tag wollten sie zurück sein. Die Flora und Fauna hier oben war ganz anders. „Schau mal, Martin, was für Blumen da wachsen", sagte Berta. „Die Farben sind irgendwie außergewöhnlich hier oben. Sie sind strahlender, heller, als ob man sie durchleuchtet hätte. Nicht so wie unten, wo wir herkommen, die hellblaue Farbe dominiert hier." „Irgendwie so", sagte Martin. „Aber wunderschön sind sie trotzdem." Den jungen Leuten machte der schwere Aufstieg nichts aus. Sie suchten sich einen bequemen Platz aus, brachten ihre Vorräte an Lebensmitteln hervor und aßen ihr Abendessen. Die Unterhaltung machte ihnen Spaß. Sie redeten über die Natur, wie schön es hier oben war. „Hier könnte man immer Leben, nicht wahr?" Benjamin schaute Konstanze an und wusste nicht, wie nahe er der Realität war. „Schön wäre es, wenn noch Arbeitskraft da wäre, am besten fleißige Bauern, die uns ernähren würden", sagte Benjamin leise zu seiner Freundin. Die Dämmerung brach herein, es wurde dunkel. Sie rollten ihre Schlafsäcke auf und legten sich hinein. Niemand dachte daran, dass vielleicht in dieser Nacht etwas passieren könnte. Sie bleiben alleine, auf sich angewiesen, ohne Lebensmittel, ohne Bauern und ohne jegliches Zeichen der Zivilisation. Sie schliefen erstmal süß ein, bis zu einem Moment. Es war nach Mitternacht. Ein hastiges Geräusch störte plötzlich ihren Schlaf. Sie sprangen auf. „Was ist passiert?" Simon stand in Schlafanzug und schaute erschrocken herum. „Was ist passiert", fragte er wieder. „Ich glaube, die Erde bebt", Maika zitterte an ganzem Leibe. „Was wollen wir machen? Es ist dunkel, wir können nicht hier runter." „Wir müssen abwarten, bis der Tag anbricht", Benjamin schien am ruhigsten zu sein. „Im Dunkeln können wir uns die Beine brechen oder sonst was." Sie suchten ihre Schlafsäcke auf und kuschelten sich wieder ein. Ihr Schlaf wurde gestört. Dennoch schliefen sie gegen Morgen wieder ein. Als sie aufwachten, schauten sie sich um. Sie standen auf dem

Plateau, wo sie gestern angehalten hatten, um Rast zu machen. Alles war wie gestern Abend. Die Blumen, die Felsen waren dieselben und doch war alles anders. Plötzlich schrie Maika los. „Was ist denn das, dort unten in der Ferne?" Alle schauten in die Richtung, in die Maika mit dem Finger zeigte. Weit in der Ferne sah man das Meer. „Was ist das?", sagte Martin. „Luftspiegelung oder ein Trugbild oder eine Fata Morgana", fiel Benjamin ihm ins Wort. Alle schwiegen. „Ich gehe mal um den Berg", sagte Simon. „Ich will mal sehen, was es dort gibt. Es ist zwar etwas weit, doch ich schaue mal nach", sagte er. Nach einer Weile tauchte er, von der anderen Seite aus, auf. Er hatte die Bergspitze umrundet. „Überall dasselbe Meer", sagte er. „Ich glaube, wir sind auf einer Insel." „Ich habe Hunger", sagte Berta leise, als ob sie Angst hätte, dass sie jemand hört. „Ja, das ist im Moment Mangelware", grinste Martin. „Wir müssen uns in der Gegend nach Essbarem umschauen." Damit waren alle einverstanden. „Wollen wir uns teilen auf drei Teams?", schlug jemand vor. „Nein", Simon übernahm das Wort. „Wir wissen nicht, wo wir sind. Es kann auch gefährlich werden, wegen wilder Tiere oder so." Simon war etwas älter als die anderen, vielleicht auch etwas erfahrener. „Sind alle mit Simon einverstanden?" „Ja", sagte ein jeder von ihnen. Sie machten sich im Rudel auf und nahmen den Weg um den Berg herum. Das Wort Rudel kam von Maika. „Ein schlaues Köpfchen ist unsere Mai-

60

ka", Simon ließ sich das Lästern nicht nehmen. Sie probierten die Beeren. Kenntnis davon, ob sie essbar waren oder nicht, hatten sie nicht. Sie probierten sie vorsichtig. Zum Glück waren sie alle essbar. Sie teilten sich mit den Geschmacksrichtungen aus, und fanden heraus, wie alles schmeckt. Sie fanden sogar Brotbäume, deren Früchte nach Brot schmeckten. Es schmeckte ein bisschen anders, aber sie aßen es als Brot. Sie erkundeten den oberen Teil des Hügels. Der Grund war die Erde. „Hier wächst alles", sagte Simon. „Die Erde ist fruchtbar wie selten." Konstanze, die wenig redete, sagte diesmal: „Wir müssen auch mal zum Meer gehen, dort gibt es vielleicht was Essbares oder Nützliches." „Du hast Recht, Konstanze, hier können wir nicht ewig leben. Das ist der Beweis", Benjamin starrte in eine Richtung. Alle richteten ihre Blicke auf einen Menschen. Er kam in ihre Richtung. Er hatte dunkles Haar und etwas dunkle Haut. Vor den unbekannten Menschen, die da standen, hatte er keine Angst. Als er hinter sich ein Geräusch hörte, drehte er sich um. Eine Frau, die er offensichtlich kannte, stand hinter ihm. „Halil", fragte sie ihn, „Wer sind diese Menschen?" „Wie auch wir, Notleidende." Sie kam zu ihm, er umarmte ihre Schulter. Hatte er Angst, dass er sie verliert? „Sie sprechen unsere Sprache?" Maika wollte wissen, mit wem sie es zu tun hatte. „Wir leben schon lange in der EU und kennen eure Sprache. Mittlerweile ist das auch unsere Sprache, nicht wahr, Liebes?" Seine Begleiterin nickte wortlos mit dem Kopf. „Wo habt ihr euch niedergelassen?" „Nicht weit von hier, wollen Sie mit?" Sie gingen zusammen zum Ort, wo sie übernachtet hatten, setzten sich und teilten den Fremden Zeit zu. „Wie kamt ihr hierher?", Konstanze war wissbegierig. „Wir kamen hierher, wollten übernachten und ein paar Heilkräuter sammeln, unsere Mutter macht Arzneien davon. In der Nacht kam plötzlich so ein Geräusch, wir erschraken sehr und hatten Angst bis zum Morgen. Heute wollten wir die Kräuter sammeln und gegen Abend nach Hause gehen. Daraus wird wohl nichts, wir sind umzingelt von etwas, es sieht aus wie Wasser, wie das Meer." „So sahen wir das heute auch. Wenn es das Meer ist, kommt vielleicht zufällig ein Schiff vorbei", sagte Hadischa. „Schön wäre es, nur bis jetzt sieht es anders aus." Simon sagte nur einen Satz und der war voller Optimismus. „Morgen wollen wir weiter gehen, zum Meer, vielleicht erreichen wir es. Es ist eine kleine Chance, die uns hilft und verrät, ob das Meer was hergibt, was wir nicht wissen." Hadischa saß traurig neben ihrem Freund. „Geht es Ihnen gut?", wollte Maika wissen. „Mir geht es gut, nur Angst habe ich" und fügte fragend hinzu: „Können wir neben euch übernachten? Ich habe Angst", wiederholte sie. „Natürlich, ist ja auch nicht so ungefährlich, wenn uns zum Beispiel wilde Tiere überfallen." „Jage uns keinen Schreck ein, Hadischa", sagte Halil. Somit tauchte ein neues Problem auf, Tiere die sie bedrohen könnten. Martin fand sich als Erster zurecht: „Quatsch", sagte er. „Erstens ist hier nur eine kleine Fläche trockenes Land und zum Zweiten kann das kleine Wild uns nicht angreifen." „Wir sind ja auch viele", betonte Hadischa. Die Dämmerung brach leise ein. Jetzt hörte man das Rauschen des Meeres lauter als am Tag. Das Rauschen hörte man, es war nicht so sehr weit. Der stille Benjamin meldete sich als Erster: „Jetzt schlafen wir, morgen sehen wir, wie es weiter geht." Sie teilten ihr Bettzeug mit den Neulingen. „Danke", sagte Hadischa, und nach ihr auch Halil. Nach einer Weile schliefen alle. Sie wachten auf, die Sonne ging schon auf, es war warm, ein paar Vögel sangen ihr Lied, als ob nichts Besonderes passiert wäre. Sie streckten sich süß. „Ist ja schön, hier zu sein", sagte Simon. „Nur eines möchte ich, den Bauch sättigen, damit er nicht rumort." „Oh ja, oh ja", gaben alle ihre Stimme. „Ich schlage vor, wir suchen uns etwas zu essen, dann überlegen wir weiter." Sie gingen durch die Gegend. Diesmal waren es Halil und Hadischa, die sich auskannten. Sie pflückten Beeren und auch Früchte von den Bäumen, unter ihnen gab es auch die, die nach Brot schmeckten. Es herrschte volle Zufriedenheit, bis Klara sagte: „Jetzt aber habe ich Durst." „Auch ich, auch ich", hörte man von allen Seiten. Nach kurzer Abstimmung entschieden sie, zum Meer zu gehen. Es könnte ja sein, dass irgendwo eine Quelle mit Süßwasser seinen Anfang nahm. Nach diesen Worten von Hadischa beschlossen sie, zum Meer zu gehen. Es wurde immer kühler. „Das ist ein Zeichen, dass wir uns dem Meer nähern", sagte Hadischa. Der Durst wurde unerträglich, als Konstanze losschrie: „Wasser, wir haben Wasser!" Alle liefen zu ihr. Eine Quelle schoß ihr Wasser ins Freie. Alle beugten sich über die Quelle, nur Benjamin sagte leise: „Einer soll es erst versuchen, ob es genießbar ist." „Darf ich?", meldete sich wieder Hadischa. Alle nickten einverstanden. „Versuch es ruhig, das ist reines Quellwasser." Sie schöpfte mit vollen Händen Wasser und trank, ihr Gesicht strahlte volle Zufriedenheit aus. Der Rest der Mannschaft warf sich auf die Knie und trank und trank. Alle genossen das Wasser wie das edelste Getränk, das es gab. Sie machten sich weiter auf den Weg. Gegen Mittag kamen sie an. Die letzten Meter waren sie gelaufen. Sie nahmen Wasser in ihre Hände und probierten es auf der Zunge. Es war salzig. „Ganz normales Meereswasser", sagte Simon. „Aber wie kam es hierher? Hier war doch bestimmt kein Meer." Halil schaute über die Weite des Meeres. „Kommt die Sintflut?", fragte er sich selbst nachdenklich. Alle schwiegen bedrückt, es ließ niemand ein Wort fallen. „Auf jeden Fall sind wir betroffen. Um uns ist Wasser herum, wir können nicht zu den Menschen", sagte immer wieder Hadischa. „Vergiss nicht, vielleicht verkehren Schiffe auf dem Meer und wir werden abgeholt." Das sagte die kleine Berta halblaut. "Ja, vielleicht", sagte, auch fast lautlos, Hadischa. „Morgen kommen wir früher her und suchen am Ufer, vielleicht finden wir etwas Brauchbares." „Soweit ich sehe, hat niemand von uns etwas Brauchbares, angefangen von Klamotten bis zum Schlafen." „Wir müssen zum Wasser, wir haben auch leere Limo- und Cola-Flaschen die müssen wir auch füllen." Jeder gab Ratschläge, jeder war bereit, mit Rat und Tat zu helfen. Sie machten sich auf den Heimweg. Sie kamen zur Quelle, füllten ihre Flaschen mit Wasser und kehrten zurück. Der Abend nahte, sie hatten auch ein paar Beeren unterwegs gesammelt, die aßen sie jetzt. Zufrieden plauderten sie über ihr Problem, bis Maika plötzlich sagte: „Ich habe Bauchschmerzen." Alle schauten sie an. „Hast du was Besonderes gegessen?", fragte Simon, ihr Freund, sie. „Nein, nur ein paar Beeren." „Wie sahen sie denn aus?" wollte Simon noch wissen. „Sie waren klein, wir nannten sie die Wolfsbeeren." „Genauso dachte ich", sagte Benjamin. „Die aß ich auch mal, damals wusste ich nicht, dass sie schädlich sind." Er streckte die Hand in seine Tasche und holte Pillen heraus. „Versuch mal die, sie müssten dir helfen." Sie nahm eine Pille, schluckte sie und trank Wasser darauf. Nach einer Viertelstunde war alles weg. „Ich bin wieder gesund", meldete sie. „Wir wollen schlafen", Simon kletterte in seinen Schlafsack, alle anderen machten dasselbe. Halil und Hadischa gingen auf dem Rückweg an der Stelle vorbei, wo sie ihre Sachen den Tag zuvor gelassen hatten. Die benutzten sie jetzt und schliefen auch in kurzer Zeit ein. Bald hörte man ein Schnarchen der Gruppe, das man sonst nicht hört. Es war eine Symphonie von Geräuschen. Ihr Schlaf verlief ungestört bis zum Morgen. In ihren Mägen war es angenehm leicht, die Ruhe war vollkommen, sodass Konstanze sagte: „So einen gesunden Schlaf hatte ich noch nie." Simon ergriff das Wort: „Ich schlage vor, wir gehen zum Meer und sehen uns dort um. Unterwegs essen wir, was wir finden." „Einverstanden", kam es wie aus einem Munde. Es ist bewundernswert, wie Menschen zusammenrücken, wenn sie in Schwierigkeiten geraten. Sie legten ihre Klamotten und ihre Schlafsäcke in ihre Rucksäcke und machten sich auf den Weg. Sie verbrachten fast den ganzen Tag am Ufer des Meeres und fanden Einiges für den Hüttenbau. Dann gingen sie in das Wasser und badeten. Es war wundervoll. Sie schleppten Baumaterialien wie Leistenbrettchen und Stoff sowie anderes zu ihrem Wohnort. So nannten sie den Ort, wo sie die vergangene Nacht geschlafen hatten. In dieser Nacht fing es an. Mal der eine, mal der andere suchte das Weite im Gebüsch. Fast alle hatten Magenverstimmungen. Allen wurde klar, wie unbeholfen sie ohne Medikamente waren. „Der Magen ist leer und der Hunger groß", sagte Benjamin für alle. „Wir müssen uns die Beeren aussuchen, die essbar oder gesund sind." Die kleine Berta kannte sich am besten mit den Beeren aus. Hadischa, die zu ihnen stieß, kannte sich auch gut aus. Sie kamen zusammen,

66

jeder hatte Beeren gesammelt und suchte die essbaren heraus. Berta zeigte ihnen, welche ungenießbar waren. Die Ungenießbaren warfen sie weg. Nachher wurde Berta gefragt: „Woran erkanntest du, welche der Beeren genießbar sind und welche ungenießbar?" „Abends beobachtete ich die Vögel, wie wählerisch sie die Beeren aßen, die wir wegwarfen", sagte sie. Alle staunten. „Unsere Berta ist ein Talent im Beobachten", sagte Simon. Er neigte sich schauspielerisch vor ihr: „Alle Achtung, Bertalein, du hast uns gerade viel Gesundheit erspart – oder soll ich sagen: geschenkt." Die Laune war gut, sie nahmen ihr Leergut – ich meine, die leeren Flaschen – und machten sich auf den Weg zum Meer. Sie fanden wieder allerlei nützliches Zeug, das zum Hüttenbau tauglich war. „Ich glaube, es ist erstmal genug von dem Zeug, wir bauen jetzt eine Hütte, damit wir nicht unter dem Regen bleiben." Hadischa klatschte in die Hände. „Ihr könnt das, Jungs, wenn die Hütte fertig ist, fangen wir mit dem Schiff an." Jetzt waren alle hingerissen, zuerst standen sie alle mit offenen Mündern da, dann fingen alle an, in die Hände zu klatschen. „Unsere Hadischa, ihr Kopf arbeitet besser als ein Computer." Sie fanden am Ufer Nägel, allerlei Kram, sogar eine Handsäge. „Jetzt haben wir alles", Martin rieb sich die Hände. „Wir haben Nägel, Hammer, das Holz und eine Handsäge." In ein paar Tagen war die Hütte fertig. Sie bauten sie in der Nähe der Quelle. „Gar nicht mal so schlecht, was?", sagte

Martin. „Du bist ein Genie", lobte Hadischa dessen Talent. Noch ein Tag ging zu Ende. Sie schliefen fest bis zum Morgen. Die kleine Klara wachte als Erste auf: „Steht auf, ihr Schlafmützen, es ist Morgen, die Sonne scheint uns ins Gesicht." Die jungen Leute standen auf, wuschen sich mit dem Wasser aus der Quelle das Gesicht und die Hände, und aßen ein paar Beeren. Sie unterhielten sich über ihre Sachen, nur Hadischa wirkte nachdenklich. „Was quält dich, Liebes?", fragte Halil. „Ich denke an das Schiff, es braucht nicht sehr groß zu sein, aber acht Mann muss es sicher tragen." In diesem Moment wachte in ihnen der Instinkt, sich um die anderen zu sorgen. „Ist jemand vertraut mit dem Schiffbau?" Alle schwiegen. „Dann beauftragen wir damit Martin, er ist ein großer Fachmann in Sachen Holz. Einen Besseren haben wir nicht", meldete sich Klara. Martin wollte sich dem entgegenstellen. Simon schaute ihn an: „Aber die Hütte ist perfekt, nicht wahr?" „Ja." Er wollte immer noch widersprechen. „Wir haben keinen anderen, der es machen könnte." Es stellte sich ein langes Schweigen ein. „Gut, wir versuchen es. Wann fangen wir an?" „Wann kannst du anfangen?" „Es ist Nachmittag, wir müssen bis morgen warten." Hadischa öffnete den Mund: „Vielleicht bauen wir ein Floß, es ist einfacher und viel schneller." Benjamin schaute mit langem Blick Hadischa an, sie fühlte seinen Blick. „Was ist los Benjamin?", fragte auch Maika. „Nichts ist, nur diese schwarzhaarige Schönheit macht

68

mich verrückt." Hadischa lachte los. „Macht nichts, Benni." Sie nannte ihn das erste Mal „Benni". „Wir zwei ergattern uns das Recht, als Erste das neue Floß zu testen." Sie war immer noch am Lachen. „Immer wird über mich gelacht", Benjamin drehte sich ab und ging zu denen, die am Floß arbeiteten. Hadischa und Maika zuckten mit den Achseln und gingen auch zu den anderen. Die Arbeit war in vollem Gange. „Martin ist tatsächlich ein guter Handwerker", sagte Simon. „Ich bin mir sicher, mit Martin kommen wir über das Meer. Vielleicht gibt es Hilfe, vielleicht rettet uns ein Schiff." „Wie gut, dass wir so kräftige Männer an unserer Seite haben, mit denen kommen wir durch." Maika drehte sich zu Hadischa. „Ich will noch einmal das Ufer erforschen, willst du mit?" „Natürlich, wir brauchen doch noch so vieles." „Richtig, Mädels, da werden ja jeden Tag Sachen angeschwemmt." Sie gingen los. Es dauerte gut zwei Stunden, da erschienen sie aus der Ferne. Zwei Töpfe und einen Wasserkocher trugen sie mit sich. „Anscheinend ließ ein Tölpel von Koch es über Bord fallen, die sind noch im Holz eingepackt, damit sie nicht untergehen." „Guter Fang, nur was kochen wir drinnen?" „Einmal", sagte Benjamin, „sah ich auf der Erde etwas, das einer Kartoffel ähnlich sah." „Weißt du noch die Stelle, Benni?" „Ich glaube schon, aber das Gewächs wächst vielleicht auch an anderen Stellen." „Wollen mal sehen", die etwas raue Stimme von Halil verriet, dass er aufgeregt war, obwohl er die meiste Zeit schwieg, stellte Simon fest. Nur Martin sagte: „Ich bleibe auf der Baustelle, will mir noch Einiges durch den Kopf gehen lassen." Sie nahmen zwei Stofftüten, die sie bei sich hatten, ein paar Rucksäcke, und machten sich auf den Weg. Im letzten Moment meldete sich Berta: „Mir geht es heute nicht so gut, ich möchte zu Hause bleiben, ok?" Sie gingen weg. Berta blieb dort. Vvielleicht kannst du Martin helfen", sagte Simon. Hadischa drehte sich noch mal um: „Viel Spaß mit Martin", flüsterte sie. Bertas Gesicht rötete sich leicht. „Plappermaul", sagte sie und ging zu Martin. Ihr Freund Martin saß auf einem stumpfen Holz und malte etwas im Sand. Berta schlich sich leise heran und setzte sich bei ihm auf die Knie. Er umarmte sie, ihre Lippen verschmolzen. Was weiter geschah, überlasse ich meinem Leser. Später am Abend kamen die anderen, ihre Rucksäcke prall gefüllt mit Kartoffeln. Zumindest sah diese Frucht wie eine Kartoffel aus. Das war nicht alles. Die zwei Tüten waren auch gefüllt mit wilden Zwiebeln. „Kostet mal, wie sie schmecken", sagte Hadischa. Sie reichte Martin und Berta eine Zwiebel. „Wirklich", sagte Martin, nachdem er von der Zwiebel etwas abbiss, „sie schmeckt wie die Zwiebel zu Hause." „Wollen wir heute noch was kochen?", fragte Konstanze. „Ich habe die Rohkost satt. Sie kochte eine sehr steife Suppe, und sie schmeckte hervorragend. Oder war es der Hunger? „Wir brauchen noch einiges an Kochgeschirr", sagte

70

Simon. „Aber das Wichtigste ist das Fleisch. Ich sah gestern ein Kaninchen, das könnte man leicht fangen. Man braucht nur Schlingen und was Essbares zum Anlocken." „Genau, einfach eine Kartoffel, wir finden auch Möhren." Am nächsten Morgen fanden sie süße Möhren, machten eine Schlinge, bauten sie auf und gingen zurück zu den anderen. Gegen Mittag gingen sie nachschauen. Zur unendlichen Freude lag ein Kaninchen mit gebrochener Hüfte in der Schlinge. Die Frauen hatten Mitleid mit dem Kaninchen, doch der Hunger war größer. Es wurde geschlachtet mit dem Messer, das Halil am Gürtel trug, gesäubert und in den Kessel gelassen. „So ein königliches Essen habe ich in meinem Leben noch nie probiert", sagte Maika. „Weißt du, Maika", erklärte ihr Benjamin, „alle Zutaten sind im Freien gewachsen, alles ist wild und das schmeckt." Das Leben normalisierte sich. „Hier kann man leben", sagte sogar Hadischa. „Unten in der Welt ist es auch nicht viel besser." Irgendwie gehören die Menschen zur Menschheit, Zivilisation zu Zivilisation. „Hier kann man auf Dauer aber nicht gut leben. Unsere Hütte ist für das Leben im Winter nicht geeignet." „Dafür bauen wir ein Floß", sagte Hadischa. „Um von hier wegzukommen, nicht wahr, Martin?" Natürlich war die Laune pessimistisch. Martin nahm das Wort: „Natürlich gibt es für uns keine Sicherheit, doch den Mut dürfen wir nicht verlieren. Wir bauen, die Arbeiten gehen voran und Materialien gibt es reichlich. Jeden Tag wird was

Neues angeschwemmt. Bei mir taucht ab und zu die Hoffnung auf, dass nicht weit vom Ufer Schiffe verkehren und wir eines Tages entdeckt werden." Martin atmete schwer aus. „Eines Tages kommen wir weg von hier." Am nächsten Morgen wachten sie auf. Hadischa kochte einen Tee, breitete auf asiatische Art ein Tuch auf dem Boden aus, und legte das Essen darauf. In der Mitte des Dastarchan, so nannte man die Tischdecke, lag ein Häufchen Kaninchenfleisch vom Vortag. Das Essen schmeckte wunderbar, sie aßen alles auf und machten sich an die Arbeit. „Ich gehe auf die Jagd", Benjamin hatte gute Laune. „Ich gehe mit", sagte seine Freundin Konstanze. „Wir bringen auch Kartoffeln und Zwiebeln zum Tisch." Das Paar ging weg, Martin und Simon machten sich auf zum Floß, der Rest machte sich auf, am Ufer entlang. Sie waren auf der Suche nach etwas, das man beim Bau des Floßes brauchte oder im Haushalt brauchbar wäre. Die Zeit bis zum Mittagessen zog sich aus dem Grund, weil das Kaninchen noch nicht in dem Kochkessel war. Dann war es soweit. Halil, Benjamin und Konstanze erschienen in der Ferne. „Da kommen sie", Hadischa klatschte in die Hände und hüpfte wie ein kleines Mädchen. Halil trug etwas Größeres als ein Kaninchen. Er kam hin und ließ das Wild auf den Boden rutschen. Es war ein Lamm. „Wo habt ihr das her?" „Da vorne", er zeigte mit der Hand auf ein paar Felsen. „Bei den Felsen. Anscheinend erschreckte es sich vor uns und stürzte ab vom Hügel.

72

Es lag unten an der Sohle des Hügels." Sie freuten sich. „Habt ihr gut gemacht, Jungs. Den Namen „Jäger" tragt ihr mit Würde." Wieder klatschen sie in die Hände. „Soweit ich das einschätze, seid ihr alle höchst zufrieden." Abends machten sie einen Spaziergang. Ausgegangen sind sie alle gleichzeitig, doch langsam teilten sie sich zu Paaren und liefen jeder in eine andere Richtung. Ein Eunuch würde sagen: „Das geht nicht mit guten Dingen vor." Die Dämmerung trat ein, sie kehrten alle zurück. Der Spaziergang an der frischen Luft tat gut. Sie schliefen wie Babys, bis die Sonne vom Himmel schien. Den Tag danach arbeiteten alle mit voller Kraft. Sogar Maika, die sich sonst über ihre Gesundheit beschwerte, war heute frisch und putzmunter. Sie aßen etwas von den Beeren und tranken Tee. Halil sagte zu Hadischa: „Ich sah gestern viele Beeren am Fuß des Hügels, sie sahen aus wie Kaffeebohnen." „Dort gehen wir hin, ich mag Kaffee." Sie nahmen eine Stofftasche und gingen zum Hügel, den Halil vor Tagen besucht hatte. Sie fanden alles vor, wie Halil es geschildert hatte. Es waren reichlich Beeren dort, sie füllten die Stofftüte. „Es reicht für ein halbes Jahr, für uns alle", sagte Hadischa. Sie teilten die Bohnen in zwei Taschen, damit es nicht so schwer war, und machten sich auf den Weg zum Meer. Sie kamen zur Baustelle. Martin und Simon waren am Arbeiten. „Sage mal, Halil, können wir das Floß bis zum Wasser schleppen, ist es nicht so schwer?" Halil sah sich die Konstruktion an und packte sie an einer Ecke. Er konnte es heben, dasselbe führte er von allen Seiten vor. „Wir schaffen es, mach dir keine Sorgen." Die Arbeit ging weiter. „Was ihr da macht, Jungs, geht in die Geschichte ein. Nicht nur wegen eures Könnens, sondern auch wegen eures Muts und eurer Sturheit." Am nächsten Tag beim Frühstück sagte Halil unerwartet: „Gestern als wir mit Hadischa nach Kaffeebohnen suchen gingen, sah ich an der Flussquelle rotes Metall. Sicher bin ich mir nicht, vielleicht ist es Gold." Er zuckte mit den Achseln. „Das müssen wir erkunden, aber vor allem die Ruhe bewahren." Die Mannschaft teilte sich: Martin und Berta, mit ihnen Konstanze und Benjamin. Die andere Hälfte ging zur Quelle. Sie kamen an. Selbstverständlich war alles, wie Halil es verlassen hatte. In der Quelle, fast ganz in der Mitte, sahen sie etwas Gelbes vorstoßen. „Das ist es", Halil krempelte den Ärmel vom Hemd hoch, streckte die Hand ins Wasser und streichelte zärtlich das gelbe Metall. Alle taten dasselbe. Halil streckte wieder die Hand in das Quellwasser, versuchte, den Gegenstand zu bewegen. Er schaute seine Kollegen an und zog ein Stück hervor. Es war zweifellos Gold. Maika nahm den Gegenstand von Hadischa, schaute es lange an, dann warf sie es von sich wie ein nutzloses Ding. Alle schauten sie verwundert an. „Was ist, Maika? Das ist doch Gold, es sind ein paar Millionen Euro." „Was sollen wir damit, wenn wir von hier nicht wegkommen?" In ihren Augen standen Tränen. Hadischa umarmte sie: „Wir kommen noch weg von hier, du wirst es sehen", flüsterte sie ihr ins Ohr. Benjamin nahm den Brocken Gold und legte ihn in die Stofftüte. „Wir bringen es den anderen am Floß. Wollen sehen, was die anderen von dem Fund sagen. Wir gehen zu ihnen, unterwegs sammeln wir Beeren zum Abendessen." Sie sammelten das Essen in die Tüten und machten sich auf den Weg. Sie wurden aus der Ferne von den Zimmerern entdeckt, machten ihren Rücken gerade und schauten die Ankömmlinge an. Vorne ging Hadischa, sie hob die Tasche mit dem gelben Metall hoch. Die Floßbauer kamen ihr entgegen, sie reichte ihnen die Stofftasche. „Sieht aus wie Gold", sagte sie. Simon, der nahe zu ihr stand, reichte ihr die Hand. Er nahm die Tasche, als wäre es ein Schatz. In dem Moment wusste er nicht, dass seine Gedanken alles richtig erfasst hatten. Er hielt ihn vor sich. „Das ist Gold", sagte er. „Leider wissen wir nicht, was wir damit anfangen können. Ob wir irgendwann hier rauskommen!", sagte die kleine Berta. In ihren Augen standen die Tränen. Martin drückte sie an sich. Er hatte die Kleine, wie er sie manchmal nannte, tatsächlich lieb gewonnen. „Wir kommen nach Hause, du wirst es sehen." Langsam beruhigten sich die Gemüter. „Wir legen den Schatz in die Hütte und warten, bis wir nach Hause kommen." In der Stimme von Martin klang so viel Sicherheit, dass fast alle seinen Worten glaubten. „Vergiss nicht, wir bauen ein Floß. Vielleicht gibt es hier auch Schiffsverkehr, dann holt uns ein Schiff ab." Das Zweite setzte an Sicherheit zu, sodass sich in dem Moment alle sicher waren, dass sie nach Hause kommen würden. „Wenn wir zu Hause sind, gehen wir zum Goldschmied und teilen uns das Gold." Alle waren zufrieden, nur Benjamin sagte plötzlich: „Wir müssen weiter graben, die Mutter Erde hat bestimmt viel von dem Schatz versteckt." „Morgen suchen wir weiter", sagte Simon. „Heute sollten wir am Ufer suchen nach Werkzeugen, mit denen wir graben können." Natürlich hatten sie Glück. Am Ufer entdeckten sie eine Schatzkammer mit unbeschreiblich großem Volumen. Bis zur Dunkelheit war alles an Ort und Stelle, nicht fern von der Quelle. Sie gingen nach Hause zu ihrer Hütte. Die Dämmerung trat ein, die Frauen kochten gutes Essen. Sie gaben alle ihr Bestes. Das Essen aus wildem Getreide mit Fleisch und Beeren gelang perfekt. Der Abend kam heran, nur Benjamin konnte nicht gleich einschlafen. „Wir haben morgen einen schweren Tag vor uns und wollen uns früher hinlegen, damit wir gut ausschlafen." Sie legten sich hin und schliefen auch ein. Nur Benjamin wälzte sich lange auf seiner Liege aus weichem Stroh, das er mit seinem Mantel bedeckte. Prinzipiell schlief er nur auf seinem Mantel. Jetzt stand er auf und machte sich auf den Weg Richtung Meer. Die helle Sommernacht gab die Gelegenheit zum Spazieren, um die Sinne klar zu halten. Wie er auch dachte, es quälte ihn der Gedanke: „Wie kommen wir nach Hause?" Wie es öfter passiert, kam unerwartet ein anderer Gedanke: „Wir müssen wenigstens Rauch machen, wenn ein Schiff in Sichtweite kommt." Endlich wurde Benjamin müde, er ging nach Hause, legte sich auf seinen Mantel und schlief sofort ein. Er träumte von einem großen Schiff, es kam sie abzuholen. Es wollte sie in ihren Heimatort bringen. Es war nach Mitternacht, als ein Geräusch laut wurde. Alle wurden wach und drückten sich aneinander. „Was kann das sein?", fragte jemand. Alle schwiegen, der Schreck füllte ihre Herzen. „Was passiert hier, was bringt es uns?" „Das Geräusch war so fürchterlich, dass einem das Blut in den Adern stockte", erzählte nachher Halil. „Am liebsten wäre ich tot gewesen", fügte er hinzu. So ähnlich ging es den anderen auch. Langsam beruhigten sich die Gemüter, doch zum Schlafen war die Ruhe nicht mehr da. Sie lagen mit offenen Augen bis zum Morgengrauen. Das Geräusch war ähnlich dem, das vor ein paar Wochen sich ereignete, nur dass dieses viel lauter war als das vorige. „Ich fürchte, das zu sagen", sprach die kleine Berta, „doch es wäre besser, wenn das Wasser wegginge und wir nach Hause gehen könnten." „Ich sehne mich auch nach zu Hause", sagte mal der eine mal der andere. „Wer kann uns hier eingesperrt haben?" „Ich weiß es auch nicht", sagte Simon, „doch irgendwas passiert dort draußen, wovon wir keine Ahnung haben, und wir wissen nicht, was dort geschieht und was uns erwartet." Das Morgengrauen brach herein, alle schauten zum Wasser. „Ob es noch da ist?", flüsterte Hadischa. „Wenn wir Glück haben, sind wir heute noch zu Hause." Es wurde hell, die jungen Leute machten sich auf den Weg zum Meer. Mancher lief, so schnell er konnte. Simon hielt Maika an der Hand. „Gehe langsam", bat er. „Wir wollen den Moment genießen, wenn wir am Wasser sind." Sie ging gehorsam neben ihm her, ihre Hände zitterten leicht. Sie glühten, als ob sie hohes Fieber hätte. Sie waren schon mehr als zwei Stunden auf dem Weg. Vom Meer sahen sie noch nichts. Die vor den anderen liefen, Konstanze mit Benjamin, hielten an. „Wir müssen uns ausruhen, sonst halten wir nicht durch", sagte Konstanze. „Wir wollen warten, bis alle zusammen sind, dann entscheiden wir, was zu tun ist." Langsam kamen alle heran. „Was wollen wir machen?", sagte Martin. „Es ist möglich, dass das Meer sehr weit ist und wir es niemals erreichen. Gibt es Vorschläge?" Hadischa stand auf. „Wir müssen nach dem Weg suchen, auf dem wir hierher kamen." Es war das Einfachste, trotzdem äußerte nur Hadischa den Gedanken. „Leider haben wir den Weg nicht behalten, auf dem wir herkamen." Alle schauten einander an, niemand erinnerte sich an den Weg, auf dem sie hergekommen waren. Benjamin, der lange schwieg, sagte plötzlich: „Wir müssen uns zu Paaren aufteilen und nach unten gehen. Im Abstand von, sagen wir, 300 Metern, so suchen wir nach dem Weg. Zwei Stunden, dann kehren wir zurück und besprechen die Lage." Sie kehrten zurück. Niemand hatte etwas gesehen. Sie aßen ihr Mittagessen, ruhten sich aus und brachen zum zweiten Mal auf. Martin sagte zum Schluss: „Besonders auf das Floß achten oder die Teile für das Floß, die wir gefertigt hatten." Damit nahmen sie eine andere Route und gingen nach unten. Plötzlich hörten sie Schreie, es war einer von ihnen. Sie hatten, wenn man es so nimmt, mehr Leid als Freud. Das Unglück führte sie zusammen. Jetzt hörten sie die so ersehnte Stimme des einen von ihnen. „Das Floß!", hörten alle, „das Floß!" Es war Halil. Sie kamen zusammen. „Von hier geht es nach oben", sagte er. „Gut", sagte Simon. „Und was dann?" Wieder folgte ein bedrückendes Schweigen. Die Suche hätte lange dauern können, wenn Konstanze nicht gesagt hätte: „Ich verlor zuerst meinen Schall, dann verlor ich meinen Zimmerschlüssel, sodass ich in meine Wohnung nicht reinkann." Sie lächelte verlegen. „Deinen Schlüssel bekommst du zurück", sagte Simon. „Wichtig ist, wir sind am Anhaltspunkt, von hier geht unsere Route direkt nach oben, dann genau von der anderen Seite nach unten. Nach ein paar Stunden muss unser Dorf zu sehen sein. Wenn wir mal in eurem Dorf sind, gibt es kein Problem, in unser Dorf zu gelangen. Ich schlage vor, wir essen was, dann schlafen wir und morgen bei Tagesanbruch machen wir uns auf den Weg nach Hause." „Es war ein riskanter Vorschlag", sagte nachher Simon. „Das Meer hätte zurückkommen können, man weiß ja nie. Allerdings wissen wir nicht, was vom Dorf übrig geblieben war, nach dem Wasser." So gingen sie auch vor. Morgens, als sie aufwachten, sah alles aus, als wäre es beim Alten geblieben. Das Wasser war nicht mehr da, auf dem Trockenen konnte man sich gut bewegen. Als sie aßen, sagte plötzlich Benjamin: „Ich glaube, wir waren Zeugen einer plattentektonischen Bewegung." „Habe ich noch nie gehört, oder ich habe es vergessen", sagte Halil. „Was ist eine plattentektonische Bewegung?", wollte Berta wissen. „Das ist, wenn ein Kontinent sich an den anderen reibt, zum Beispiel Afrika und Asien. Das Wasser geht nach unten, alles, was auf dem Meeresboden war, bleibt auf dem Trockenen. Hier, denke ich, hat dieser Prozess rückwärts begonnen. Zuerst wurde das Wasser nach außen gedrückt – das war, als wir ankamen – dann, vor zwei Tagen, ging das Wasser nach unten, zu seinem Ursprung. Mehr kann ich auch nicht sagen." Benjamin stand auf. „Vielleicht machen wir uns auf den Heimweg." Sie nahmen das Gold in eine einfache Stofftüte und wollten sich auf den Weg machen. Plötzlich schrie Maika los. „Ein Schiff!", schrie sie. Sie zeigte mit der Hand in Richtung des Meeres. „Ein großes Schiff!" Die Köpfe aller drehten sich zum Meer. Ein Meeresschiff lag vor Anker, ein Boot teilte sich vom Schiff ab, und ruderte in ihre Richtung. Die Seeleute brachten die jungen Leute an Bord. Hier erzählte man ihnen, dass es tatsächlich eine tektonische Bewegung gewesen war. Die ganze Umgebung war evakuiert worden und wurde nunmehr zurück in ihre Wohnorte gebracht. „Wie ist es mit den Leuten? Sind viele dem Wasser zum Opfer gefallen?" „Genaue Daten sind noch unbekannt, doch es wird gesagt, dass viele ums Leben kamen." Das Schiff brachte sie zum Hafen und von da mit dem Bus nach Hause. „Was war mit dem Gold?", fragte ich Simon, der mir diese Geschichte erzählte. „Das Gold nahm der Staat und ließ uns die üblichen fünf Prozent. Das war natürlich nicht viel, aber unsere Gesundheit war mehr wert als das Gold." „Habt ihr dem Staat auch verraten, wo ihr das Gold gefunden hattet?". Simon schaute mich schelmisch an. „Nein, natürlich nicht, wir können den Platz nicht mehr finden." „Habt ihr schon versucht, nach dem Gold zu suchen?" „Nein, dafür gab es noch keine Zeit." Simon drehte sich ab. „Aber die Leute halten dicht", sagte er. „Irgendwann holen wir es, wenn es dort noch etwas zu holen gibt." Simon schüttelte mir die Hand. „Ich muss gehen, mach es gut, mein Freund."

Idris Krill zu Gast bei seiner Schwiegermutter

Kommandant der ersten Abteilung der Raumflotte, Idris Krill, hatte vor, seine Schwiegermutter zu besuchen. Er bekam eine Nachricht von ihr. „Ich bin nicht gesund", meldete sie, „und will meine finanziellen Angelegenheiten regeln. Suche baldmöglichst eine Zeit aus und besuche mich." Idris gehörte zur Raumflotte Mars, wo sich auch die Zentrale der Raumflotte des Universums befand. Ihm war viel gelegen an dem Schreiben seiner Schwiegermutter. Er meldete sich bei seinem Chef in der Zentrale ab. Zwei seiner Kollegen, Karl Schwarz und Hiltraud Messina, gaben sofort ihr Einverständnis mitzufliegen. Die Mannschaft war komplett und wurde für diesen Flug bestätigt. Mehrere interplanetare Raketen standen dazu immer bereit. Es blieb nur, die Bekleidung vorzubereiten, und dann ging's ab in die Rakete. Eine Frau an Bord zu nehmen, war keine Vorschrift, doch er nahm Hiltraud aus zwei Gründen mit: Erstens hatten sie es mit einer Frau zu tun, ich meine seine Schwiegermutter, und zweitens war Hiltraud Messina ein perfekter Navigator. „Eine der besten", pflegten ihre Kollegen von ihr zu sagen. Es gab noch einen Grund, dazu aber später. Sie stiegen ein, es folgte ein Check der Geräte. „Eine Stunde habt ihr", sagte der Wachhabende. „Gewöhnt euch an das Klima im Raumschiff." Er hätte es auch nicht zu sagen brauchen, im Raumschiff saßen bestens ausgebildete Piloten, aber die Vorschriften waren nun mal so. Idris checkte die Kopfhörer. „Wie ist es bei dir?", fragte er seinen Kollegen Schwarz. „Alles okay. Bei mir gibt es keine Bedenken." „Hiltraud, wie ist bei dir?" „Bei mir ist auch alles okay. Keine Sorge, du wirst deine Schwiegermutter morgen umarmen." Idris grinste: „Bei dir ist immer alles okay. Eine halbe Million Kilometer rechts oder links ist für dich kein Maß." „Ans Ziel kommst du doch", grinste Hiltraud. Alle drei Astronauten lachten. Es war klar, dass diese Mannschaft gut zusammengestellt war. Da war noch etwas, was sie zusammenhält und zu einem guten Team macht. Sie waren immer fröhlich. Die Stunde war vorbei. „Vorbereiten zum Countdown", sagte die Stimme aus der Zentrale. „Wir sind okay, der Countdown kann beginnen." Bei den Zahlen zehn bis eins fing die Rakete an zu zittern, die Astronauten wurden in den Sitz gepresst, und die Rakete flog mit steigender Geschwindigkeit zu ihrem Ziel. Endlich wurde die Geschwindigkeit der Rakete konstant. Die Astronauten fühlten sich locker. „In fünf Stunden setzen wir zur Landung an", sagte Hiltraud Messina. „Zu der Zeit erreichen wir Uranus und machen Rast." „Sag mal, wann sahst du deine Schwiegermutter das letzte Mal?" Karl war unverheiratet und stand auf Liebesgeschichten. „Auf der Hochzeit", Idris lächelte. „Es sind vierzig Jahre vorbei." „War sie damals hübsch?" „Über wen willst du das wissen, über meine Schwiegermutter oder meine ehemalige Frau?" Karl Schwarz warf einen Blick auf Idris. „Natürlich war meine Frau hübsch", Idris brachte eine Lachmiene auf sein Gesicht. „Sie war die Schönste. Wenn sie neben mir war, schien für mich immer die Sonne. Wenn du nach meiner Schwiegermutter fragst, die ist tüchtig. Sie hat mehrere Charter-Raumflugzeuge und eine Villa auf Uranus. Sie ist sehr wohlhabend. Mehr kann ich dir nicht erzählen." In das Gespräch mischte sich Hiltraud mit ein. „Sag mal, war deine Frau hoch oder untersetzt, schlank oder pummelig? Woran starb sie?" Hiltraud wollte alles wissen. Plötzlich stutzte sie, „Verzeih mir, ich habe zu viel gefragt." „Schon gut, Hiltraud, irgendwann erzähl ich dir alles." Alle in der Raumflotte, so auch die zwei, wussten, dass Idris und Hiltraud verliebt sind. „Wenn du willst, sage ich es dir." Idris entschied, es ihr gleich zu sagen. Sie war Navigator bei der Raumflotte. Karl müsste sie kennen. „Ja, ich kenne sie, es war wirklich eine sehr hübsche Frau. Auf jemanden, der aussah wie ich, blickte sie nicht mal", grinste Karl. Idris wechselte das Thema. „Wir wollen ein anderes Thema ansprechen", sagte er. „Hat jemand von euch Geschäfte auf dem Merkur?" Nach kurzer Überlegung kamen beide zu einer Entscheidung. „Nein", sagten beide, „wir haben nichts auf dem Merkur zu tun." „Dann gönnen wir uns zwei Stunden Rast auf Uranus und fliegen weiter." „Wir sind einverstanden, wir gönnen uns zwei Stunden Ruhe auf Uranus und machen uns weiter." „Okay, Idris, so machen wir's", sagte Hiltraud Messina. „Bald setzen wir zur Landung an." Die Landung verlief glatt, genau auf den Punkt. „Danke, Hiltraud", sagten die zwei Astronauten und stiegen aus dem Schiff. Sie standen vor einem roten Kreis, bereit zum Beamen. Oben sah man eine Überschrift: „Willkommen auf dem Uranus" stand darauf. Sie wurden hineingebeamt und schauten sich um. Der Wachhabende begrüßte sie. Die Formulare wurden unterschrieben. „Jetzt etwas essen, meine Lieben." Das Essen war perfekt, die Scampi, die auf diesem Planeten zubereitet wurden, schmeckten hervorragend. Damit gingen sie in ihre Gemächer. Nach gut vier Stunden Schlaf wachten sie auf, ausgeruht und munter. Es gab nochmal gutes Essen vor dem Abflug. Sie hatten noch eine Stunde Zeit, ein Roboter begleitete sie in einen Aufenthaltsraum. Im Raum standen Computer. „Da will ich die Geschichte eines der Planeten mit dem Namen Korsar wissen." „Hat es einen Grund?" „Nein, nur dass ich ein paar Mal Korsar besuchte", sagte Idris. „Ich will mein Gedächtnis etwas auffrischen, von meinem letzten Besuch bis zum Zeitpunkt, als das große Unglück passierte, verging viel Zeit." „Was passierte dort?", wollte Hiltraud wissen. „Ein Planet kollidierte mit Korsar, der sprang von der Achse und verglühte in der Atmosphäre. Es war ein Glück, dass er keine anderen Planeten mit sich gerissen hatte. Nur Wenige schafften es rechtzeitig, mit den

Raumschiffen auf andere Planeten zu fliehen. Die Leute von dort, die sind Sprösslinge, Nachkömmlinge, vielleicht könnte man sagen Mischlinge. Von den Mondbewohnern und anderen Planeten. Dort sah ich das erste Mal Elvis Presley." „Wer ist das?", fragte lebhaft Hiltraud. „Es ist ein Sänger mit einer wundervollen Stimme. Alle sind begeistert von ihm, besonders die Jugendlichen. So war es auch auf dem Planeten Erde. Wenn er sang, waren seine Hüften immer in Bewegung." Hiltraud lächelte. „Wann ist er hergekommen?" „Vor fünf Jahrhunderten", sagte Idris. „Menschen vom Mond halfen den Korsar-Bewohnern mit allem. Von dem Mond wurde wieder ein Planet ausgewählt. Zurzeit ist er auf dem Planeten Lily." „Was macht er auf dem Planeten Lily?", fragte verwundert Hiltraud. „Er gibt Konzerte, macht Leuten gute Laune." „Sag mal, wie hast du ihn gesehen?" „Ich besuchte eines seiner Konzerte, daher kenne ich ihn. Damals wurde in kurzer Zeit auf einem Planeten, es war Lily, eine Stadt nach dem Bild der Mondstadt gebaut. Die gesamte Computertechnik und die Materialien wurden von den Mondleuten geliefert. Alle Lebensmittelpflanzen, so wie Obst und Gemüse, wurden vom Mond geliefert und auf Lily eingepflanzt. Die ganze Technologie für die Einrichtung des Computerwesens wurde hilfsbereit dem Planeten Lily übergeben. Es war ein Triumph der Solidarität. Daher auch der freundliche Empfang, der sich über Generationen erweitert. Wenn es auch Privatwirtschaft

86

gab, so basierte sie auf Verständnis und Nächstenliebe. Dort siedelte sich Elvis an. Der Planet Lily wurde zu der Zeit von den Raumstationen als Ruhe- und Erholungsort gedacht." „Was hatte Elvis angehabt?" Hiltraud wollte alles wissen. „Er war gekleidet in ein dünnes Sakko, ganz leger. Auf dem Planeten Uranus können die bei dem vorbeifliegen, ein oder mehrere Tage rasten, sich erholen, oder – was auch ganz wichtig war – Kontakte knüpfen." Eine Stunde vor der Bereitschaft meldete sich Karl bei Idris Krill an. „Kann ich mir den Flug ersparen und hierbleiben, bis ihr zurück seid? Dann fliege ich mit euch weiter nach Hause." Idris überlegte kurz: „Wird wohl seine Liebe hier gefunden haben", dachte Idris und wusste nicht, wie nahe er der Wahrheit war. Karl dachte auch: „Nicht, dass ich meine zukünftige Frau dort treffe." „Es ist ja auch egal, ich nehme einen anderen Piloten an seiner Stelle." Karl Schwarz erhielt die Genehmigung, winkte seinen Kollegen und ließ sich in das Casino beamen. Die Spiele waren in vollem Gange. Es spielten die Menschen mit Robotern und Menschen mit Menschen. Wenn es den Robotern langweilig wurde, spielten Roboter mit Robotern. Es war ein Ort der Bleibe in der ganzen Sternenflotte. „Wie lebte Elvis Presley auf dem Planeten Erde?", Hiltraud ließ nicht locker. „Das Seltsame war, er verschwand unerwartet von der Erde und niemand sah ihn, tot oder lebend." „Wie kann so etwas passieren?" „Zu der Zeit baute auf Erden ein sehr kluger und talentierter Ingenieur eine Zeitmaschine. Eines Tages kam zu ihm sein Freund Elvis. Nach kurzer Unterhaltung fragte Elvis: ‚Wird sich deine Maschine tatsächlich in der Zeit bewegen?' ‚Ja', sagte er scherzhalber, ‚willst du es probieren?' ‚Ja, natürlich', gab Elvis von sich. ‚Setz dich rein', sein Freund öffnete vor ihm die Tür. Elvis, von Natur aus kein Angsthase, stieg ein. ‚Diese zwei Knöpfe sind alles, was du erstmal wissen musst, mein Freund.' Er drückte einen Knopf, dann den anderen. ‚Nach Hause: den dritten Knopf drücken', hörte Elvis. Das letzte Kommando hörte Elvis nicht mehr. Es gab ein Geräusch, alles war voller Rauch und Elvis befand sich auf dem Planeten Uranus." Jetzt ließ sich Karl Schwarz hierher beamen. Er nahm sich ein paar Spielmarken und nahm Platz an einem großen Tisch. Hier muss man verstehen, dass hier nicht mit Geld gespielt wird. Hier gab es perfekte Spieler – und was für eine Spannung herrschte während des Spiels. Das Spiel zog sich hin, es vergingen schon zwei Stunden, als Karl sich wieder zum Tisch setzte. Er hatte immer noch ein paar Spielmarken und wollte sie loswerden. Endlich, nach drei Stunden Spiel, verspielte er seine letzte Marke und erhob sich. „Ich bedanke mich, meine Herren, für das Spiel und die Spannung, die ich heute erlebte." Ein kräftiger Applaus kam von dem Tisch, an dem Karl saß. Er verneigte sich vor den Leuten und verließ das Zimmer. Als er den Computerraum verließ, blieb er plötzlich mit offenem

Mund stehen. Vor ihm stand Lutissia, seine Freundin, und schwieg. Er schwieg auch, kraftlos, ohne etwas zu sagen. Sie kannten sich seit mehreren Jahren. Sie war hübsch, ihr blondes, lockiges Haar wehte vom kleinsten Winde. Wieder tauchte die Erinnerung an die alten Zeiten auf. Sie machten damals schon Heiratspläne, doch dann mischte sich das Schicksal gnadenlos in ihr Leben ein. Seinen Trupp schickte man in ein anderes Sonnensystem. Lutissia hingegen entsendete man in die Zentrale auf dem Mars. Sie begegnete dort vielen jungen Leuten vom Mars und vom Mond. Langsam erlöschen die Erinnerungen und sie vergaß, dass es einen Karl Schwarz in ihrem Leben gegeben hatte. Etwas anders ergab sich das Leben von Karl: Er trauerte lange und schmerzvoll, Informationen über das E-Fon reichten nicht aus. Es gab auf dem Planeten, auf den man ihn entsendet hatte, noch andere Mädels, hübsch und anziehend. Langsam erloschen auch bei Karl die Erinnerungen. Seine Bemühungen, eine andere Frau zu finden, die zu ihm passte, brachten nichts. Die Zeit flog, Karl wurde ein guter Astronaut. Jetzt zufällig und völlig unerwartet standen sie voreinander. „Lutissia!", presste er hervor. „Karl!", ihr verschlug es unerwartet die Stimme. Er breitete die Hände aus und ging auf sie zu. Sie tat dasselbe. Sie umarmten sich, ihre Lippen verschmolzen in einem heißen Kuss. „Bist du verheiratet?", fand sie sich zurecht. Karl schwieg eine Weile. „Nein", sagte er dann. „Warum?" Sie wollte es wissen. „Ich kann es nicht genau sagen – hatte ich keine Zeit oder traf ich die Richtige nicht? So etwas soll es geben. Und du, wie war es bei dir?" „Erzähle ich dir ein anderes Mal." Sie winkte ihm mit der Hand, setzte sich in das Huck-Mobil, das neben ihnen stand, und fuhr weg. Karl nahm auch ein Transportmittel und fuhr in sein Gemach. Er musste überlegen, was gerade passiert war. Ihr Kuss war noch auf seinen Lippen. Er machte sich auf in die Zentrale. Er wollte wissen, wann der nächste Shuttle zum Uranus fliegen würde. Dort wollte er Idris Krill treffen und weiter zusammen fliegen. Es klappte, Idris hatte vor, am anderen Tage zu seinem Wohnort zu fliegen. Karl Schwarz traf seinen Kollegen Idris gegen Abend. Die Geschäfte seiner Schwiegermutter waren erledigt, die Papiere von beiden Seiten bestätigt. Jetzt machten sich Idris und seine Schwiegermutter auf zur Spielhalle, dort befand sich auch die Speisehalle für die Hungrigen. Ein Tisch kam leise zu ihnen gerollt, die Roboter begannen mit dem Servieren. Das Essen schmeckte hervorragend. Nach dem Essen fuhr der Tisch zur Seite, sie nahmen Platz auf dem Sofa. Idris Krill erzählte seiner Schwiegermutter nicht, dass seine Frau einen Unfall gehabt hatte. Ein Unfall ist einer der Gründe, an denen Menschen auf den Planeten sterben, der andere Grund war immer das Alter. Das Alter nahm ihnen alles weg. Es wurde viel Geld ausgegeben, und doch konnte der Mensch den Tod nicht besiegen. Liva, so hieß die Schwiegermutter von Idris, war im hohen Alter, ihr großer Reichtum konnte ihr nicht helfen. „Ich mache jetzt noch eine Sternreise", sagte sie. „Es gibt noch viele Planeten, auf denen ich noch nicht war, dabei sind manche ganz in unserer Nähe." Idris schwieg eine ganze Weile. „Sag mal, Liva, soll ich dich ein Stück begleiten? An manchen Strecken, sogar auf manchen Planeten, ist es nicht ungefährlich." Liva schaute eine ganze Weile nachdenklich Idris an: „Danke, mein Lieber, ich habe noch genug Reichtum, um mir an solchen Stellen Bodyguards zu postieren." „Ich weiß, Liva, ich habe es gut gemeint." Liva neigte sich zu Idris und gab ihm einen herzhaften Kuss. „Danke, Schwiegermutter, du warst immer lieb zu mir." „Du auch zu mir, ich liebte dich auch, als ihr schon geheiratet hattet. Du warst so niedlich, ich musste mich anstrengen, um dich ihr nicht wegzunehmen." Idris wischte die Tränen ab: „Die war auch so wie du, so niedlich und so hübsch wie du. Vielleicht haben wir damals einen Fehler gemacht." Liva wischte auch ihre Tränen ab und wurde ernst. „Wir drei haben damals richtig gehandelt. Ich hatte mein Glück schon früher gehabt, als ich den Vater von Gerlinde heiratete. Ihr zwei aber hattet alles noch vor euch. Nur dass ihr keine Kinder bekamt, das hatte euch gefehlt. Jetzt brauche ich noch ein wenig Ruhe. Irgendwie werde ich schnell müde. Vorher wusste ich nicht, was das Wort müde bedeutet. Jetzt weiß ich es." Liva stand auf. „Wenn ich auf eurem Planeten bin, besuche ich dich." „Danke, Liva, bis später." Sie nahm ein Huck-Mobil, sagte: „Bis später!", und fuhr zu ihren Gemächern. Dasselbe machte Idris. Morgens, als die Zeit zum Aufwachen kam, stand er auf und ging auf das Desinfektionsband. Dann ging es in den Speiseraum. Idris nahm sein Frühstück zu sich und machte sich auf zum Astrodrom. Unerwartet meldete sich Karl Schwarz an. Er sah etwas traurig aus. Sie gingen in das Astrooffice und nahmen die Erlaubnis zum Abflug. Die Erlaubnis wurde erteilt, sie genehmigte auch Landungen auf anderen Sternen, wenn es im Interesse der Mannschaft war. Hiltraud Messina schaute Karl mit einem langen Blick an. Sie saß neben Karl und berührte seine Hand. „Ist alles in Ordnung, Karl? Hast du jemanden getroffen?" „Ja", Karl schaute lange vor sich hin. „Meine Ex-Freundin", sagte er. „Habt ihr euch unterhalten?" „Nicht lange, das Gespräch dauerte nicht lange." Idris Krill mischte sich in ihr Gespräch ein. „Höre bitte auf, Hiltraud, siehst doch, dass Karl nicht bei Laune ist." Hiltraud drehte sich zu Karl: „Entschuldige, es war taktlos." Sie drehte sich von ihren Kollegen ab. „Ich werde mich beherrschen." Damit war die Spannung entladen. Idris kam ein Gedanke: „Unterwegs, nicht weit von unserer Bahn, ist Saturn, der Stern ist wunderschön, er strahlt mit allen Farben. Der ist eigentlich geschaffen für etwas Erholung." Idris hatte seine Zitate nicht zu Ende gesprochen. „Ich bin einverstanden", sagte Karl, und Hiltraud sagte nur ein

Wort: „Ausgezeichnet." „Navigierst du das für uns, Hiltraud?" „Bin schon dabei", sie nahm das Mikro. „Computer, bringe uns zum Saturn, Landeplatz sieben-eins-drei." „Jawohl", kam aus dem Inneren des Computers, „Die Flugzeit beträgt sieben Stunden. Ich wünsche euch einen angenehmen Flug." Die drei stellten Musik in ihren Kopfhörern an, nahmen bequem in ihren Liegen Platz und genossen die Ruhe. Nach fünf Stunden weckte sie der Computer mit seiner Musik. Sie bereiteten alles zur Landung vor, weil Hiltraud Messina es so wollte. Sie setzten zur Landung an, Hiltraud gab für die letzten Manöver die Lenkung an den Computer ab. „Großartig", sagte der Computer. „Millimetergenaue Arbeit." Nach zwei Minuten landeten sie genau auf dem Punkt und wurden ins Innere des Planeten gebeamt. Es war tatsächlich alles perfekt für die Besucher, alles zur Ruhe und Entspannung. „Es ist der beste Ruheort, den es im Weltall gibt. Hier kann man wirklich gut ruhen." Sie stiegen aus, nahmen Platz im Huck-Mobil. „Desinfizieren", sagte Idris. „Perfekt, eure Klamotten warten auf euch." Sie zogen sich mit Hilfe der Roboter um. Hiltraud konnte man nicht mehr erkennen. „Du siehst super aus", sagte Karl. Idris näherte sich ihnen. „Sie ist ja auch meine zukünftige Gemahlin." Mehr Scherze waren hier unter ihnen nicht genehmigt. Saturn war sehr groß ausgebaut. Eine Menge sehr großer Räume bot unzähligen Spielern die Möglichkeit, sich hier zu amüsieren. Im Gegensatz zum Mond waren hier auch Spiele mit großen Einsätzen erlaubt. So manch einer ging hier heraus mit einem astronomischen Vermögen, der andere dagegen bettelarm. Als sie desinfiziert waren, fuhren sie zuerst in ihre Gemächer, und schliefen sich ordentlich aus. Sie wurden wach, trafen sich zusammen und fuhren in den Speiseraum. Gerichte, die es hier gab, fand man in der ganzen Galaxie nicht vor. Sie aßen sich ordentlich satt. „Und jetzt geht es ans Spielen", sagte unerwartet Hiltraud. Niemand sah in ihr so viel Energie und spielerische Sucht. Ihre Leidenschaft zum Spielen war unermesslich groß. Sie raste mit ihrem Huck aus einem Raum in den anderen und spielte leidenschaftlich. Die Männer gaben schon lange den Gedanken auf, sie einzuholen. Es hatte keinen Sinn. „Ich gebe auf, Karl", sagte Idris. „Mit Hiltraud können wir nicht mithalten." Endlich, kurz nach Mitternacht, kam Hiltraud zu ihnen. Sie stieg vom Huck-Mobil und ließ sich zwischen den beiden auf den Sessel fallen. „Ich bin bei meinem Spiel geblieben. Ich muss betonen, dass hier, wie auch in allen Casinos der Galaxie, am Ende alle gleich sind. Es wird eingeschrieben, nur so, damit der Spieler auch nach langer Zeit sich erinnern kann. Hier ist es nur ein bisschen realistischer, doch am Ende ist alles klar." „Ich glaube, morgen machen wir eine Reise quer über den Saturn", schlug Idris vor. „Wollen hier ein paar Tage rasten, dann fliegen wir weiter." Seine Kollegen freuten sich, vor allem Karl Schwarz. Sie nahmen einen Shuttle. Der war langsam, dafür konnte man viel sehen. Das Mittagessen aßen sie auf einem kleinen Planeten, er hieß Koko. Das Essen schmeckte gut. Nach dem Essen gab es eine Rast, danach ging es weiter quer durch den Saturn. Wenn sie auch keine Informationen benötigten, so war das Visuelle doch begeisternd, man war nach dieser Reise so erfüllt, dass es keine Worte gab. Abends, als sie ankamen, hatten sie sogar keine Lust, das Spielcasino besuchen. „Wir nehmen uns mit Hiltraud ein Huck-Mobil, und los geht es, geradewegs in unsere Gemächer", sagte Idris. Mit einem sanften Lächeln umarmte er seine Hiltraud und stieg in das Huck-Mobil. Ihr Schlaf war ausgezeichnet. Ungestört verbrachten sie die Nacht. Ausgeruht verließen sie ihr Zimmer und fuhren zur Speisehalle. Zu ihrer Verwunderung sahen sie Karl nicht. Über Funk erreichten sie ihn. „Karl, mein Lieber, wo bist du? Mein Funk meldet mir, du wärst irgendwo zigtausend Kilometer vom Saturn entfernt." Anstatt Karls Stimme zu hören, hörte Idris ein fröhliches Lachen einer glücklichen Frau. Verwundert schaute er Hiltraud an. Sie strahlte, weil ihre Artgenossen am Ende der Galaxie so glücklich waren. Sie umarmte Idris. „Ging es uns nicht auch so? Erinnere dich, als wir auch unsere Route so setzten, dass niemand wusste, wo wir waren. Man suchte auch nach uns die ganze Galaxie ab." „Wo können wir uns treffen, Karl? Ich hoffe, du erzählst auch den Grund deiner Flucht." „Natürlich, ich traf meine Lutissia. Ich stelle sie euch vor, wenn wir uns treffen. Sie ist die Beste in ganzem Universum. Wir sind heute noch auf dem Saturn, wenn ihr es schafft, warten wir auf euch." Nach einer kurzen Pause meldete sich am E-Fon Karl. „Einverstanden, wir freuen uns, euch zu sehen." Ihr Gespräch war zu Ende. Karl freut sich, Lutissia auch. „Nach so einer langen Zeit sich zu treffen", sagte Idris, „es gibt nichts Schöneres." Sie kamen zurück auf den Saturn. „Wollen wir uns die Sehenswürdigkeiten anschauen?" Sie besuchten das Museum des Altertums. Hiltraud war begeistert. „Hätte ich nie gedacht, sogar der Mensch ist anders." „Wie denn?", fragte Idris scherzhaft. „Sie sind etwas untersetzt, nur der Kopf hat etwas mehr Volumen." „Ich glaube, ich kann das erklären, mein Liebes." „Erzähl mal." „Der Mensch hat sich assimiliert. Die Körperteile, die viel Leistung bringen mussten, haben sich besser entwickelt, zum Beispiel der Kopf, der hat an der Größe stark zugenommen." „Daher wissen wir, dass die Menschen vor eintausend Jahren nicht so klug waren." „Du bist im Unrecht, meine Liebe. Alles was wir sehen, hat vor Jahren der Mensch aufgebaut. Also blöd war der Mensch auch vor Jahren nicht. Es musste alles entwickelt werden und das alles auf kahlem Boden. Weißt du, was wir heute mit einem zierlichen Schaltknopf betätigen, musste ja erst gemacht werden, inklusive des zierlichen Schaltknopfs." Als Idris den Abend im Spielkasino verbrachte, erschienen plötzlich auf einem Huck-Mobil Lutissia und Karl. Lutissia warf einen abschätzenden Blick auf Idris. Karls Freunde gefielen ihr auch. Sie sagte: „Die Freunde meines zukünftigen Mannes sind uns willkommen." „Du hast ein gutes Los getroffen, Karl." Der lächelte: „Ich treffe immer ein gutes Los. Oder willst du das bestreiten?" „Nein", sie nahmen Platz am Esstisch. Die Roboter servierten das Essen. Als sie satt waren, setzten sie sich bequemer hin. Plötzlich sagte Lutissia: „Wir wollen drei Kinder." „Was?" Idris schaute Lutissia an. „Warum drei?" „Meine Eltern hatten auch drei. Mama sagte, es ist am bequemsten." Völlig unerwartet sagte wieder Lutissia: „Wir wissen auch den Ort, an dem wir leben wollen." „Wo denn?", fragte wieder Idris. „Auf dem Saturn." „Oh", gab unerwartet Idris von sich. „Es ist der schönste Platz zum Kindererziehen in ganzem Universum." „Ja", sagte Karl. „Kinderfreundlich ist Saturn allermal. Kinder auf die Welt zu bringen, ist auch das Einfachste. Die Gentechnik ist so fortgeschritten, dass Kinder auf die Welt zu bringen, keine Schwierigkeit darstellt. Dafür braucht man nur ein paar Zellen." Das Thema nahm sie mit, sie hätten noch lange über Kinder diskutiert, wenn Lutissia nicht gefragt hätte: „Und wann ist es bei euch soweit?" Idris warf einen Blick auf seine Hiltraud. „Wann denn, mein Liebes?", sagte sein Blick. Ein aufmerksamer Geselle hätte sofort erkannt, wer hier die Hosen an hat. Und sie sagte: „Wenn wir zu Hause sind." Idris umarmte sie. „Ich wollte nur dir nichts vorgeben, was du zu tun hast, danke." Ein gefühlvoller Kuss beschloss diese Entscheidung. „Dann wollen wir wetten, bei wem es schneller geht." Sie verbrachten noch eine Nacht hier und flogen den nächsten Morgen nach Hause.

Im All wird es ungemütlich

Glasow saß in seinem Office. Ein älterer Mann, der eigentlich im Ruhestand sein sollte, saß am Tisch und ging seinen Gedanken nach. Seine Abteilung hatte große Probleme, die gingen ihm jetzt durch den Kopf. Diese Probleme waren allen bekannt, doch sie beseitigen konnte niemand so gut, wie er selbst. „Es ist das Jahr 2300", dachte er, „doch das Verbrechen existiert immer noch, und ein überschaubares Ende ist nicht in Sicht." Glasow war der Chef der Abteilung zur Bekämpfung der Kriminalität im Universum. „Ist ja nicht so, dass es katastrophal wäre, doch es passieren Unfälle, und zwar immer öfter, und meine Leute können sie nicht alle behelligen." Die letzte Nachricht kam von dem Planeten Via und die war in unserem Sonnensystem. Es hatte jemand einen Raumschlepper geklaut und war mit ihm in unbekannter Richtung verschwunden. „Selbstverständlich finden wir ihn. Mit dieser großen Maschine ist es schwierig, zu fliehen." Doch sie war ausgerüstet mit dem System Grobs und das machte sie für herkömmliche Radare unsichtbar. Glasow drückt den roten Knopf auf dem Gerät, das vor ihm auf dem Tisch stand. Sofort kam die Antwort vom technischen Direktor. „Ruß hier", hörte Glasow die Stimme seines Stellvertreters. „Sag mal, mein Lieber, was passiert bei euch? Arbeitet ihr überhaupt oder folgen die Dinge ihrem

Lauf?" „ Nein, Chef, es ist nichts Schlimmes, die Burschen von Objekt K-10 haben einen unbewachten Schlepper geklaut." Ruß schwieg eine Weile, dann hörte er wieder die Stimme Glasows. „Nimm dir alles, was du brauchst an Menschen und Technik und serviere mir diesen Burschen bis heute Abend auf dem Tablet." „Gro-okay", sagte Ruß, „Wird gemacht." Glasow legte auf, Ruß stand noch eine Weile mit dem Hörer am Ohr. Er legte auch auf und ließ sich schwer auf seinem Sessel nieder. Er nahm das E-Fon, mit einem Knopfdruck holte er alle seine Sicherheitskräfte an ihre Hörer. Die Konferenz begann. „Sämtliche Burschen von K-10 entführten einen alten Raketenschlepper. Mit dem kann man viel Unheil anrichten, die Verbrecher müssen offen gestellt und zu unserem Chef gebracht werden, klar? Und das bis heute Abend", fügte er hinzu. „Alles klar", hörte er und legte auf. Gegen Abend meldete sich Ruß bei seinem Chef: „Wir haben sie." „Was sind das für Leute?" „Eine Mannschaft aus drei Personen, total besoffen flogen sie zum nächsten Planeten. Ihre Freundinnen riefen sie an und luden sie zum Fest ein, auf den Planeten Kriko. Dort wurden sie von meinen Jungs erwischt. Dass sie auf einen anderen Planeten flohen, ist ja Gro-okay, es ist ja ein normales Transportmittel, doch ohne angemeldet zu sein, zum anderen Planeten zu fliegen, ist schon nicht Gro. Eine Strafe haben sie verdient, Chef, das ist klar, aber so hart urteilen möchte ich nicht." „Gut, Ruß, ich übergebe sie in deine Hände, es sind ja deine Leute." „Gro, Chef, ich bedanke mich. Ich mache ihnen klar, dass so etwas sich nicht wiederholen darf." Er ließ sie aus der Zelle in sein Büro überliefern. „Was habt ihr gemacht?" Alle drei standen vor ihm mit gesenktem Kopf. Pero, der Kommandant dieser Rakete, übernahm als Erster das Wort: „Wir nahmen zu viel von dem starken Getränk zu uns. Ich als der führende Kommandant nehme die ganze Schuld auf mich." Ruß lächelte fast unbemerkt. Als Strafe bekommt ihr drei Folgendes: fünf Tage im Gemüsegarten arbeiten, dort benötigt man Arbeitskräfte." Pero senkte wieder den Kopf: „Wir sind bereit zum Dienst im Gemüsegarten", sagte er leise. „Weißt du auch, was man mit so einem Flugobjekt anrichten kann?" Pero stand immer noch mit gesenktem Kopf. „Ja, ich weiß es", sagte er und dann ganz leise: „Der Treibstoff und die Geschwindigkeit reichen aus, einen Planeten von der Achse zu sprengen." „Wie viele Planeten er dann mit sich in den Tod reißt, kann kein Wissenschaftler vorhersagen." Dann rief Ruß seinen Chef wieder an. „Ich habe den Jungs klar gemacht, was man mit so einer Rakete anrichten kann. Mir ist alles klar, ich werde alle Maßnahmen ergreifen, damit so etwas sich nicht wiederholt. Wir müssen unsere Schiffe so ausrüsten, dass auch bei kleiner Promillezahl kein Triebwerk anspringt", sagte Glasow. „Klar, ich veranlasse das, es wird gemacht." „Es ist Mittag, hast du schon was zu dir genommen?" „Nein, Chef, dazu gab es noch keine Zeit." „Dann wollen wir diesen Verlust nachholen." Sie fuhren mit dem Taxi in den Speiseraum. Das Essen nach der gemachten Arbeit schmeckte hervorragend. Sie sättigten sich und fuhren zu ihren Quartieren. Es verging knapp ein Monat, das Böse ließ nicht lange auf sich warten. Ruß kam gerade vom Planeten Beta. Auf seinem Tisch lag ein Zettel, darauf stand: Im Cockpit vom Lastschiff Herkules ereignete sich eine Schlägerei. Das Schiff lieferte Knast-Kalfaktor zu einem anderen Planeten. Ihnen gelang es, die Wache zu überwältigen, sie drangen in Cockpit ein, fesselten und knebelten die Besatzung und flogen in unbekannte Richtung. Es geschah kurz vor einer Stunde. Ruß setzte sich wieder an sein E-Fon und alarmierte seine Mannschaft. Nach einer Stunde erfuhr er, dass sie auf dem Planeten Kriko, auf einer Ersatzlandebahn, landeten. „Wieder Kriko", dachte Ruß verärgert. „Da ist was nicht in Ordnung." Sie hatten sich in der Rakete verschanzt und verlangten, ihre Artgenossen freizulassen. Wenn nicht, wollten sie das Flugzeug sprengen. Der Herkules hatte außer einer großen Menge Treibstoff an Bord auch noch Sprengstoff. „Wir sprengen den Planeten, so auch andere Planeten, die dieser mitnimmt", stand im Schreiben. Ruß verstand, dass dieses Problem ohne Glasow unmöglich zu lösen war. Er rief seinen Chef an. Nachher erzählte er: „Mir wurde der Rücken kalt. Wenn sowas passiert, kommen viele Menschen ums Leben." Jetzt stand Glasow vor dem Fenster und schaute einfach in die Ferne. „Wie unstabil ist unser Universum, wenn ein Dutzend Verbrecher im Stande ist, einen großen Teil davon so einfach zu vernichten." Unerwartet klingelte sein E-Fon auf dem Tisch. Es war Ruß. „Wir haben sie eingeschläfert, sie schlafen jetzt." „Gut, Ruß, fessele sie und bringe sie an den Ort, wo sie hingehören." „Mache ich, Chef." Ruß schwieg, als ob er von seinem Chef noch was hören wollte, und Glasow sagte: „Setze dich auf deinen Rack und komm zu mir, wir müssen Einiges besprechen." „Bin schon unterwegs, Chef." In ein paar Stunden war er bei Glasow. Sie umarmten sich. Es war ein Schritt, den Glasow nicht oft tat. „Das Leiden vereint die Menschen", dachte Ruß, „Und dieses Leiden ist groß genug." „Ich lud dich zu mir ein, weil ich mit dir besprechen will, wie wir mit dem Gesindel vorgehen." Die Zeit lief. Eine Lösung war noch nicht in Sicht. Viele Vorschläge wurden geäußert und keiner war effektiv genug, die Unfälle zu minimieren. Glasow wurde sentimental. „Unser schönes Universum, unseren schönen Planeten können wir nicht an die Gerken abgeben, und wenn ich sie alle mit Gas umbringe." Er schaute Ruß an. „Wie seid ihr dieses Mal mit dem Gas umgegangen?" „Im Cockpit haben unsere Konstrukteure einen Knopf unsichtbar angebracht, und das an allen drei Sitzen der Besatzung." Glasow lebte auf. „Sind wenigstens an allen unserer Raketen diese Knöpfe eingebaut?" „Nein, nur in den Lastern, weil diese Flug-

103

objekte bei den Verbrechern sehr beliebt sind." „Habt ihr Geräte, die signalisieren, ob der Mensch, der einsteigt, kein Sprengstoff bei sich hat oder sonst was?" „Die haben wir nicht auf allen, die Zahl der Flugkörper unserer Flotte ist sehr groß." Er fing den Blick von Glasow, der versprach ihm nichts Gutes. „In kürzester Zeit bauen wir die Geräte ein", sagte er. „Gut, Ruß, teile deinen Fachleuten mit, dass die Arbeit mit der Sicherheit Vorrang hat." „Alles klar, Chef, wir werden in alle Richtungen arbeiten, es wird alles gemacht, was machbar ist." Eines Tages war es wieder knapp. Die Verbrecher versuchten wieder, einen Laster zu entführen. Sie hatten es fast geschafft, plötzlich leuchteten im Cockpit alle Havarieleuchten auf. Alle Motoren schalteten sich ab. Eine Stille herrschte im Cockpit und im Laderaum. Die Leute und Maschinen wurden durchgecheckt. Die Suchmannschaft entdeckte am Bug unter der Abdeckung einen Pack Sprengstoff. Es tat jemand von den Technikern. Bei der Untersuchung der Maschine hatten sie den Sprengstoff unter dem Abdeckblech versteckt. Es kostete keine Menschenleben, und die Maschine blieb auch instand. Ruß war im siebten Himmel vor Glück. „Es ist eine Richtung, die wir durchgearbeitet haben", sagte Ruß stolz. „Ich bin stolz auf deine Mannschaft", sagte Glasow. „Bestelle deinen Leuten ein Lob von mir." Ruß fuhr nach Hause, seine Laune war perfekt, er machte sich aus Dankbarkeit mit ein paar Kollegen auf in den Vergnügungsgarten. Es war alles wunderschön durchdacht. Sie gingen in den Speiseraum und aßen auserlesenes Essen, und verbrachten den Rest des Tages mit Spiel und Ruhe. Ich möchte bei dem Leser nicht die Meinung entstehen lassen, dass es dort langweilig war, im Gegenteil, die Leute waren aufgelebt und heiter, bereit, am nächsten Tag sich voll der Arbeit hinzugeben. Sie fuhren auseinander zu ihren Familien oder sonst wohin. Ruß kam nach Hause. Seine Frau saß am Computer. Sie arbeitete in der Abteilung ihres Mannes. „Ich habe da einen Gedanken", sagte sie. „Wie man den kleinen Dieb zur Strecke bringt." „Zeig mal." Ihr Mann schaute über ihre Schulter. „Interessante Idee, wie kamst du darauf?" „Ach was, wir haben heutzutage so viele Diebe, besonders Taschendiebe, und es gibt nach meiner Beobachtung immer mehr." „Und wie funktioniert das Gerät mit dem Knopf?" „Es ist ein Knopf, elektronisch sind alle Werte eingegeben. Wenn ein Dieb dir die Tasche leeren will, meldet sich das Gerät, weil seine Werte sich unterscheiden." „Es ist wirklich eine gute Idee, Liebes, und einfach zu verwirklichen." Er gab ihr einen Kuss. „Danke, Liebes", Ruß ging in sein Office. Am nächsten Tag war ein Dutzend der Knöpfe da. Ein kleiner Knopf, den konnte man an allen Klamotten befestigen oder einfach in der Tasche tragen. In der Mitte des Knopfes befand sich ein Edelstein. Was angenehm war, die Edelsteine waren unterschiedlich, doch sie hatten die gleiche Funktion. Wenn der

Dieb in die Nähe kam, bekam er von dem Stein so einen Stromschlag, dass er kaum auf den Beinen stehen bleiben konnte. Das Wichtige an der Konstruktion war, dass alle, die in der Nähe waren, sahen, was vor sich ging. Der Dieb würde natürlich weglaufen und sich nicht mehr zeigen. Das Wichtige war, dass alle sehen würden, dass es ein Langfinger war. „Natürlich läuft er weg, damit er nicht gesehen wird", sagte Frau Ruß. „Vor allem ist es wichtig, man kann es überall und unbemerkt tragen." Glasow bestellte Ruß wieder zu sich. „Deine Projekte sind gut, besonders, dass man die Mitarbeiter ständig durchchecken kann. Der Knopf ist sehr interessant, wir hoffen, dass er sehr nützlich sein wird." Er schwieg eine Weile. „Es ist zu wenig, katastrophal wenig. Wir brauchen mehr Ideen und Geräte, sonst überwältigen uns die Urmenschen, die haben ja keine Ahnung von Ethik." Ich möchte dem Leser nicht vorenthalten, dass es eine Stadt gibt, die sich auf dem Planeten Drev sich befand. Die Stadt wurde damals erbaut nach dem Ebenbild der Städte im zweiundzwanzigsten Jahrhundert. Die wurde auf sich gestellt und so erhalten, wie damals vor vielen Jahren. Es gab Polizei, gab Diebe und Mörder und sonstiges Gesindel. Die Stadt lebte vergessen und hatte keinerlei Kontakt zu der anderen Sternenwelt. Sie lebten in Saus und Braus. Ihnen wurde alles geliefert, etwas selbst zu machen, da weigerten sie sich. Es war ein beliebtes Museum. Man konnte lernen, wie unsere Vorfahren lebten. Ihre Lebensdauer war sehr kurz, auch wenn ihnen alles frei Haus geliefert wurde. „Hast du diese andere Welt schon gesehen?" „Nein", sagte Ruß. „Dort war ich noch nicht." Glasow lächelte: „Überlege dir, wie es wäre, wenn wir auf dem Planeten Drew einen Knast bauen, für die schwer erziehbaren Verbrecher." „Ich glaube, die Idee ist gut, Chef. Es ist nur, dass wir damit den Eindruck entstehen lassen, der ganze Planet Drew sei nicht ein Museum, sondern ein Knast." „Gut", überlegte Ruß. „Es kann ins Auge gehen. Überlege es dir mit deinen Leuten, ich überlege mir das auch. In dieser Richtung muss eine Lösung zu finden sein, wir müssen sie finden." Ruß fuhr nach Hause, er bestellte mit seiner Frau Essen aufs Zimmer, und sie machten sich einen gemütlichen Abend. An der Tür klingelte es, ein Roboter brachte ihnen die Bestellung und machte kehrt. Sie blieben zu zweit. „Wie bewegt sich die Arbeit?", fragte seine Frau Sibille. „Sie stockt", sagte Ruß. „Glasow hatte die Idee, die Häftlinge auf den Planeten Drew umzusiedeln, damit sie dort erzogen werden. Auch ich glaube, diese Methode wird wenig Erfolg haben." Sie schliefen die Nacht durch, ohne böse Ereignisse. „Keine Ereignisse", sagte er zu Sibille. „Bei dem Verkehr wie im All beachten wir einige Kleinigkeiten nicht", sagte ihr Mann. Eines Tages sagte Ruß zu seiner Frau: „Ich fliege morgen zum Planeten Drew, willst du mit?" „Ja, gerne, ich habe keine Vorstellung von diesem Planeten." Sie setzten sich in ein kleines

Raumschiff und hoben ab. „Unser Raumschiff ist zwar klein, verfügt aber über eine sehr hohe Geschwindigkeit", erläuterte Ruß. In sechs Stunden landeten sie auf einem Landeplatz, der nur weithergeholt einem Landeplatz ähnlichsah. Nur ein großes Schild oberhalb des Tors trug die Inschrift: „Willkommen im neunzehnten Jahrhundert". Mit einem Taxi wurden sie in ein Dorf gebracht. Die Straßen waren nicht gekehrt, die Gebäude nicht gestrichen, es schien, dass alles dem Zerfall preisgegeben wurde. Das Taxi holperte auf der unebenen Straße, sodass man dachte, das Gedärm käme einem hoch. Sie fuhren zum Speiseraum. „Wir wollen etwas zu uns nehmen", sagte Ruß. Das Essen schmeckte nicht gut. „Vielleicht sind wir nicht an ihre Speisen gewöhnt", äußerte sich Sibille. Exotische Gerichte wie ein Braten oder Entrecôte sagten ihnen nichts, den Geschmack dieser Gerichte änderte der Name nicht. Die Bedienung übernahmen Menschen, im Gegensatz zu Robotern auf den anderen Planeten. „Schaut mal", sagte Sibille. „Die Klamotten der Bedienung sind ganz angenehm oder sogar hübsch." Bei Sibille tauchte die Lust auf Klamotten auf. Die Frauen waren auf allen Sternen gleich, so war es immer, auch vor Jahrtausenden. „Ich will diese Klamotten", sagte Sibille. Die Klamotten waren sofort da, zur Freude Sibilles. Der Abend nahte. „Wir wollen nach Hause fliegen, ich bin müde." „Einverstanden, wir haben genug gesehen", Ruß schaute sich um nach einem Taxi. „Da

108

kommt eins", sagte Sibille. Das Taxi war da und brachte sie ohne einen Zwischenfall zum Landeplatz. „Ich hatte immer so ein ungutes Gefühl, solange wir dort waren. Warum, Ruß?" Sibille nannte ihn mit dem Nachnamen. „Ich weiß es nicht." „Mir scheint es immer, als ob jemand mich beobachtet." Sibille schaute ihn wieder an, er sah bleich aus und seine Hände zitterten leicht. „Dich hat es schlimm erwischt", sie legte ihre Hand beruhigend auf seine. „Jetzt ist schon wieder alles gut, ich dachte nur, was wäre, wenn unser Planet oder das ganze Universum zurückgeblieben wären. Sie blieben tausend Jahre zurück und jetzt haben sie keine Chance, sich von diesem Schmarotzerleben zu befreien." Sie kamen nach Hause. „Kann man denn nicht ihr Leben ändern? Ich meine, es sind Menschen wie wir und sie verdienen Mitleid." „Nein, Liebes, wir können da nichts ändern. Es wurde vor vielen Jahrhunderten beschlossen, diesen Planeten als Museum zu erhalten. Jetzt aber wollen wir schlafen. Was ich heute gesehen habe, hat mich fertig gemacht." Am nächsten Morgen bestellten Ruß und Sibille ihr Frühstück. Die Roboter servierten das Essen. Sie hatten die Angewohnheit, den Robotern während des Frühstücks freizugeben. Während sie aßen, sagte Ruß: „Ich bin heute früh auf eine Idee gekommen. Die könnte uns helfen, die Kriminalität zu besiegen." Sie legte die Gabel beiseite: „Sag mal, wie denn?" „Wir transportieren unsere Gefangenen auf den Planeten Drew und stellen sie unter die Herrschaft der Heimischen, als so eine Art Erziehung. Den Vorschlag hat vor ein paar Tagen unser Chef Glasow gemacht. Heute Nacht habe ich mir das alles durch den Kopf gehen lassen." „Die Idee kann gut sein", mischte Sibille mit. Nach dem Essen rief Ruß seinen Chef an. „Ich muss mit Ihnen reden." „Ist es wichtig?" „Ja, Chef", sagte er wieder kurz. „Wann willst du kommen?" „Am Abend", hörte sein Chef. Der Grund für den späten Besuch lag darin, dass Ruß alle Papiere vorbereiten musste. Abends kam er zu Glasow. „Sag mal, was ist so wichtig, dass wir uns nachts treffen müssen?" „Ich musste zuerst die Dokumentation vorbereiten." Sein Chef schwieg und hörte aufmerksam zu. „Ich war auf dem Planeten Drew", Glasow grinste. „Da war ich auch", sagte er. „Ich habe mir die Lage dort angeschaut, man kann unsere Leute dorthin schicken zur Entziehungskur." „Ihr Plan ist super." Sie besprachen die Details. „Morgen schicke ich die Unterlagen an den Oberbefehlshaber von Drew und lege ihm unsere Angelegenheit dar." Die Antwort kam sofort: „Wir müssen nur entsprechende Räume für diese Leute vorbereiten." Nach ein paar Tagen kam ein Schreiben, darin stand: „Wir sind bereit, sie können Ihre Leute bringen." Ruß schickte die erste Kolonne auf den Planeten Drew. Sie kamen in die für sie bestimmten Räume. Glasow atmete leicht auf, es wurde noch ein Problem von großer Wichtigkeit gelöst. „Die Planeten unseres Universums bleiben heil und sauber und das auf viele Jahrhunderte", sagte Ruß. „Die Bewohner des Universums können aufatmen." Alle waren anscheinend zufrieden. Es war nur ein Mensch, der seine Bedenken hatte – das war Sibille, die Frau vom Ruß. „Weißt du", sagte sie zu ihrem Mann, „die Leute, die man dort hinschickte, haben ein anderes Leben. Ich bin mir fast sicher, dass sie es brechen wollen, dann werden sie niemanden schonen – nicht sich und die anderen Leute auch nicht." Es verging nicht mal ein halbes Jahr. Der Knast fing an zu brennen. Die Feuerwehrleute versuchten, das Feuer zu löschen, doch die Kapazität ihrer Löschkraft war zu klein. Es wurde um Hilfe gebeten. Es wurden Feuerwehrleute von allen nahegelegenen Planeten mit ihren Maschinen gebeten hinzukommen, um das Feuer zu löschen. Nach einem ganzen Tag Arbeit gelang es ihnen endlich. Die Knastinsassen wurden eingesammelt und auf ihre Herkunftsplaneten gebracht. Das Problem wurde nicht gelöst, nur die Wache wurde verstärkt und alles gelassen, wie es war. Nach langem Überlegen fanden die Spezialkräfte keine Lösung dieses Problems. Endlich kam eine Idee, wie sich Glasow ausdrückte, von einer Frau. „Die Frauen sind unser Schatz", sagte er. „Unser edles Potential, das uns in den schweren Zeiten zur Verfügung steht." Sie sagte eines schönen Abends: „Wir können in dem benachbarten Sonnensystem für diese Menschen Wohnungen bauen und sie die erste Zeit mit allem versorgen. Nachher können sie sich selbst versorgen. Jede Möglichkeit zu fliehen wird ihnen entnommen werden. Wenn sie alles verbüßt haben, kann man sie zurückholen. Ich kann mir auch vorstellen", sagte die Erfinderin dieses Projekts – der Leser weiß schon, von welcher Frau die Rede ist – „dass diese Menschen, wenn sie sich bessern, auf ihre Planeten zurückkehren können." Ruß umarmte Sibille. „Was wären wir ohne dich und deinesgleichen." Sibille gab ihm auch einen Kuss. „Ohne uns und unseresgleichen gäbe es euch auch nicht." Der Planet, auf den die Verbrecher angesiedelt werden sollten, hieß Grießle. In kürzester Zeit waren die Arbeiten abgeschlossen und Knastleute an Ort und Stelle gebracht. Die Bevölkerung des Universums nahm das mit Freude auf und Verbrechen minderten sich – fragte sich nur, für wie lange. Das ganze Universum wusste, was bei Glasow und Ruß passierte. Eines Tages besuchten sie die Spezialisten vom Planeten Jupiter. Diese hörten von dem Problem, unter dem ihre Mitbewohner im Universum litten. Die Leute vom Jupiter brachten auch eine Idee mit. Sie schlugen vor, für diesen Zweck schwarze Löcher zu benutzen. Zum Glück entstanden gerade ein paar Neue. „Wir haben den Umgang mit schwarzen Löchern studiert", sagten sie. „Es sollen in ihnen magnetische Felder existieren, deren Strahlen verändern die Struktur des menschlichen Sinnesorgans. Die Menschen werden sinnentleert und gefügig. Der Sinneswandel ist so stark, dass sie meinen, es muss so sein, und anderes Leben gibt es nicht." „Schön und gut", sagte Ruß. „Aber wir schaffen ein Volk, das absolut willenlos ist. Wer garantiert, dass sich nicht eines Tages unter sie ein normaler Mensch mischt und sie anführt? Es gibt dann Sodom und Gomorra. Es kann sein, dass, bis es zu einem solchen Fall kommt, viele Jahre zerrinnen. Es wäre aber auch möglich, dass es schneller passiert, als es uns lieb wäre." Sie stiegen in ihre Raketen und flogen auseinander, ohne eine Entscheidung zu treffen.

Hochzeit im Universum

Zwei Paare knieten vor dem Altar. Vor ihnen stand der Priester, hochschlank und bester Statur. Er war bereit, sie zu trauen. Es war etwas ungewöhnlich, doch das Trauen der Paare war auf der Tagesordnung. Viele Paare ließen sich trauen auf dem Planeten Saturn. Zumal dieser Planet einer der schönsten war, wenn nicht der allerschönste in Universum. Diese zwei Paare heirateten heute. Sie sahen glücklich aus. Idris und seine Verlobte Hiltraud Messina schauten einander an und lächelten. Ihnen schien bestimmt, dass ihr Glück ewig währte. Neben ihnen kniete das andere Paar, das waren Karl Schwarz mit seiner Verlobten Lutissia. Die zwei Paare unterscheiden sich, sie waren sogar nicht gut miteinander bekannt. Idris und Hiltraud waren die letzte Zeit oft zusammen. Idris war Kommandant einer Abteilung der Raumflotte, er war schon einmal verheiratet, doch das Schicksal wollte es, dass seine Frau in einen Unfall geriet. Das passierte selten, doch es passierte, und die Frau von Idris kam ums Leben. Jetzt wollte er seine zweite Ehe antreten, und das mit Hiltraud, seiner Verlobten. Das Schicksal des zweiten Paares war anders. Sie kannten sich seit Jahren. Als sie die Hochschule absolvierten, schickte man sie auf unterschiedliche Planeten, um dort ihren Dienst zu leisten. Es war vor zehn Jahren, da verloren sie einander aus den Augen. Und jetzt, vor ein paar Wochen, trafen sie sich zufällig wieder und gelangten zur Entscheidung, zu heiraten. Die Frauen trafen immer die Entscheidungen, doch sie machten es so, dass die Männer nichts dagegen hatten. Die Frauen trafen auch ein Abkommen mit ihren Freunden, an einem Tag zu heiraten. Jetzt standen sie auf den Knien und warteten auf den Segen Gottes. Sie gaben einander das Ja-Wort. Nachdem die Trauzeremonie beendet war, gingen alle hinaus an die frische Luft. Sie drehten eine Runde um das Haus, in dem sie getraut worden waren, so war nun mal die Tradition, die allerdings viel Zeit in Anspruch nahm. Dann gingen sie in den Speiseraum. Die Tische deckte man so geschmackvoll und künstlerisch, dass die Gäste ins Staunen kamen. Ich möchte nicht viel über das Servieren reden. Doch es entsprach den höchsten Ansprüchen. Die Profis, die damit befasst waren, gaben sich viel Mühe mit der Ausstattung. Alles war hervorragend. Die Gerichte und der Geschmack waren exzellent. Sie sahen auch bezaubernd aus. Alle Gerichte waren künstlerisch etikettiert. Der Gast sollte wissen, woher das eine oder das andere Gemüse oder die Kräuter kamen, die dem Essen den Geschmack verliehen. „Ich kann nur sagen: exzellent." Das hörte man bald von allen Seiten. Aus dem gesamten Universum waren Lebensmittel da. Die Scampi kamen vom Planeten Delta. Sie waren frisch und schmeckten hervorragend. Der Koch kannte sein Handwerk sehr gut.

Auch der Fisch, der kam vom Merkur und schmeckte ebenfalls sehr gut. Die Gewürze kamen aus der Mondstadt. Saphir stand vor dem Tisch, an dem die zubereiteten Kräuter und Gewürze serviert wurden. Er erzählte den Hochzeitsgästen, wie dies oder das andere Gewürz wuchs und woher sie dies beziehen könnten. Andere Lieferanten standen ebenso da und machten Werbung für ihre Ware. Ich muss sagen, dass viele Gerichte aus heimischen Zutaten stammten, die anderen wurden auf den Saturn geliefert. Das Essen sah so appetitlich aus, dass die Gäste sich kaum halten konnten, um nicht über das Essen herzufallen. Die Ungeduld wurde immer sichtbarer, der Hunger immer größer, sodass der Hochzeitsführer endlich Folgendes kundgab: „Liebe Gäste", sagte er, „die Zeit ist gekommen, das Essen ist fertig. Sie sind alle herzlich zu Tisch eingeladen. Das Essen wollen wir aufessen", er lächelte dabei, „damit nichts übrigbleibt und weggeworfen wird." Der Priester sprach das Tischgebet und die Gäste fielen über das Essen her. Die zwei Paare saßen nebeneinander am Tisch, der etwas abgesondert stand. „Sag mal, Idris, woher kommen die Auberginen, sie schmecken wundervoll?" „Ich weiß es nicht", Idris drehte sich zu Hiltraud. „Ich könnte mir vorstellen, aus der Mondstadt, gezüchtet von Saphir selbst." „Oh", rutschte ihr aus dem Mund, „ich kenne ihn." Im Speiseraum spielte leise Musik. Als alle satt waren, fingen die Gäste an zu tanzen. Es wurde heiter im Speiseraum. Die Gäste fühlten sich wohl. Der Hochzeitsführer ging zum Mikrofon. „Meine Damen und Herren, erlauben Sie mir eine Unterbrechung. Es ist ein Vorschlag eingetroffen, ein Pfandspiel zu eröffnen. Ich erläutere die Regeln zu diesem Spiel. Es werden Zettel gezogen mit Nummern. Wenn zwei denselben Zettel ziehen, müssen sie sich küssen." „Geil", sagte ein junger Mann, der schon aufstand zum Tanz. „Vorsicht, junger Mann", warnte ihn der Hochzeitsführer, „es ist nicht immer so, dass deine Liebste dasselbe Los zieht. Überlege es dir, bevor du den ersten Schritt machst. Das Los kann umgekehrt ausfallen." Der junge Mann trat leise zurück und nahm Platz neben seiner Geliebten. Offensichtlich verlor das Wort Eifersucht im Universum seine Bedeutung noch nicht. Die Gäste applaudierten heftig den jungen Paaren und freuten sich auf das Spiel. Das Spiel begann, zuerst gingen die Frauen zum Korb und zogen sich ein Los. Unter ihnen war auch Hiltraud, die Frau von Idris. Nach ihr ging Lutissia, jetzt auch schon die Frau von Karl. Die Frauen zogen jeweils ein Los, schauten einander an und grinsten. Der Zufall half, sie hatten beide ihre Männer gelost. Oder hatte jemand mitgeholfen? Lutissia schaute Hiltraud an: „Wollen wir die Lose tauschen?" „Einverstanden", Hiltraud lachte. Sie tanzten, als ob nichts wäre, bis es zum Küssen kam. Da sagte plötzlich Idris: „Da ist doch was faul, Karl, so einen Zufall gibt es nicht, die zwei haben die Lose getauscht." Die Frauen schmiegten sich an ihre Män-

ner, jetzt war das Küssen schmackhaft. „Weißt du",
sagte Idris zu Karl, „das Küssen überlebte tausende
von Jahren, es ist nicht ausgeschlossen, dass es
noch so viele Jahre überlebt. Es ist die einzige Tradition, die einem Paar so gut tut." Der Tag neigte
sich zum Abend, die Gäste machten sich langsam
auf zu ihren Raumschiffen. Bald blieben nur die
Liebhaber von starken Getränken. Wenn die Rede
von den Getränken ist, muss man bemerken, dass
das Universum noch nie so eine Menge und so eine
Auswahl von Getränken gesehen hatte. Idris stand
auf und ging zu der Bühne, die man nicht weit von
seinem Esstisch aufgebaut hatte. „Liebe Gäste, ich
habe mich heute vermählt mit der schönsten und
klügsten Frau im Universum. Ich bitte um einen
Applaus, der im ganzen Universum zu hören
ist." Hiltraud ging auf die Bühne. „Ich danke euch,
meinen Freunden, dafür, dass ihr mit uns feiert und
uns Glück wünscht." Karl und Lutissia bedankten
sich auch. Idris ging wieder auf die Bühne. „Ich habe heute noch eine Überraschung für Sie, mein
Freund. Elvis Presley wird für euch singen." Er
machte eine Pause, dann fuhr er fort. „Elvis ist
mein Freund, er kommt von dem Planeten Erde. Er
ist ein großer Star. Und er ist der Beste im Universum." Die Gäste saßen mit offenem Mund da. Dann
sagte Idris: „Ich will euch nicht volllabern, hören
sie ihn selber." Elvis kam auf die Bühne, er begeis-
terte das Publikum, seine Hüftbewegungen zogen
junge Frauen an wie ein Magnet. „Ich glaube, wir

118

müssen uns auch so langsam auf den Weg machen",
sagte Idris zu seinen Kollegen. Offensichtlich war
er müde, und zwar mehr als andere. Er und seine
Mannschaft meldeten sich an, bekamen die Erlaubnis und gingen zu den Raumschiffen. „Wir wollen
zusammen auf einem Schiff fliegen", schlug Lutissia vor. Alle waren einverstanden. Sie nahmen einen Shuttle und warteten ab, bis die Erlaubnis zum
Abflug kam. Ihr Shuttle hob ab und nahm Kurs auf
den Planeten Schramm, wo sie zurzeit ihre Wohnung bezogen. Zum Glück waren ihre Wohnungen
nebeneinander. Vor ihren Türen verabschiedeten
sie sich. Die Frauen umarmten sich – „Noch eine
Tradition, die Jahrtausende überlebt hatte", dachte
Idris. „Eine gute Tradition." Morgens, als sie aus
dem Schlafzimmer kamen, wartete eine Überraschung auf sie. Ein Schild mit ihren Bildern war an
der Wand befestigt, darauf stand: ‚Unseren lieben
Paaren zum ersten Hochzeitstag, alles Glück der
Welt vom Saturn.' Ihnen wurde warm ums Herz.
„Wie schön", flüsterte Lutissia. „Diesen Tag vergesse ich nie." Ähnliches fühlten sie alle. Gemeinsam
gingen sie in den Speiseraum essen, dann nahm ein
jeder ein Taxi und fuhr zu seinem Arbeitsplatz.
Kaum waren sie da, kam vom Planeten Asterix eine
Durchsage über das E-Fon. „Auf unseren Planeten
kommt Gringo, der rammt uns. Rette die Einwoh-
ner, wer kann." Idris und Hiltraud übergaben an
die Zentrale, dass sie in der Nähe waren, und nahmen Kurs auf Asterix. Asterix war ein sehr alter

Planet. „Wir müssen den Leuten helfen, Hiltraud. Auf dem Planeten sind überwiegend alte Leute und Kinder." „Ich verstehe", sagte Hiltraud. „Wir finden sie und retten so viele, wie wir können. Ich bringe uns genau hin", sagte noch Hiltraud. „Die Raumschiffe sind mit einer Gangway ausgestattet, wir geben unser Bestes", wiederholte Hiltraud. „Endlich", sagte sie, „ich sehe das Rettungsschiff. Idris, passe deine Geschwindigkeit an." Das leidtragende Schiff zündete bestimmte Lichter im Inneren, es war ein Signal. Sie baten um Hilfe. „Die Geschwindigkeit ist konstant bei beiden Schiffen", sagte Idris. „Lass die Gangway raus", sagte Hiltraud. Aus dem Inneren des Schiffes kam eine Gangway heraus und schob sich in Richtung des Schiffs, das um Rettung bat. Die Gangway war ausgerüstet mit einem Rohr, darin konnte man sich bewegen. Da war Luft zum Atmen, und, sogar für den Notfall, für die, die sich nicht bewegen können, auch Rollstühle. Hiltraud nahm den Platz am Ausgang ein. Die Kinder kamen hinein, jede Sekunde war wichtig. „Wir haben fünftausend Mann an Bord", kam die Nachricht von Asterix. „Wie viele können Sie aufnehmen?" „Wir nehmen sie alle", sagte Idris. „Gut, danke" „Idris, gib mit deinem Navigator das Beste." Es war jedem klar, alle vom Planeten zu retten, war unrealistisch. Das wussten beide, Idris und auch Hiltraud. „Gut, dass wir das Lastraumschiff nahmen", sagte Idris. „Ja", sagte traurig Hiltraud. „Alle können wir doch nicht retten." Das Lastschiff stand bereit, als die Durchsage von Asterix kam. Es war überhaupt kein Problem, das Schiff zu nehmen. „Das Aufnehmen der Menschen stellte auch kein Problem dar, dafür das Unterbringen schon", dachte Idris. Er bekam die Koordinaten von Wiking und nahm Kurs auf den Planeten. Ständig hörten sie die Durchsage, wie viele Menschen gerettet wurden. Nach einer Durchsage sagte Hiltraud: „Wir sind da, Idris." Er übergab die Information. „Jetzt landen wir", er ruderte das Schiff zum Landeplatz. Die Rettungskräfte waren schon da, Idris öffnete alle Türen und ließ sie hinein. Die Transportmittel standen bereit, sie wurden eins nach dem anderen gefüllt und abtransportiert in die Heime. Überfüllt von Mitleid, fragte er über das E-Fon: „Darf ich noch einmal fliegen?" „Nein", kam die Antwort. „Ihr schafft es nicht mehr, in ein paar Minuten gibt es Asterix nicht mehr." „Wie fühlen sich wohl die Leute, die es nicht schafften und auf den Tod warten?" „Ich weiß es nicht", sagte Idris traurig. „Bestimmt nicht gut." Plötzlich änderte sich etwas, die Atmosphäre bekam eine merkwürdige Farbe, irgendein Staub bedeckte alles. „Ich hoffe, dass dieser Staub nicht schädlich ist", sagte Idris. „Sonst findet auch dieser Planet sein Ende. Was es auch noch gibt, Hiltraud, wir fliegen nach Hause." Sie meldete der Zentrale, dass sie nach Hause fliegen würden. Sie bekamen die Erlaubnis, und hoben ab in das All. Nach ein paar Stunden waren sie zu Hause. Hiltraud setzte sich neben Idris. „Wie schlimm ist es, Menschen zu verlieren", sagte sie und lehnte sich gegen seine Schulter. „Bestimmt starben da auch Freunde von uns, vielleicht sogar welche, die wir nicht kennen." Sie schwiegen lange, dann sagte Idris: „Ich möchte gerne wissen, wie es Schwarz geht mit seiner Lutissia. Ich weiß nicht, wie es ihnen geht, nur ein mulmiges Gefühl habe ich." Sie nahmen ihr Abendbrot zu sich und fuhren nach Hause. Plötzlich sagte Karl, der mit seiner Lutissia das erste Paar einholte: „Ich schlage vor, wir machen uns auf zu Idris und Hiltraud, und unterhalten uns ein wenig, es gibt so viel zu besprechen." „Einverstanden, nur zuerst rufen wir sie an und fragen, wie es ihnen geht und ob sie die Zeit für uns haben." Sie rief sie an, fragte, wie es ihnen geht. Munter antwortete Hiltraud: „Uns geht es gut, wir sind überfüllt von den Ereignissen, die heute geschahen, und wollen noch nicht schlafen. Besucht uns daher, wenn ihr wollt." „Aus dem Grund rufe ich auch an. Wir sind gleich bei euch." Die zwei nahmen ein Raumtaxi und waren sofort bei ihnen. Die Frauen nahmen das Sofa, die Männer dagegen setzten sich an den Spieltisch. „Erzähl mal, Idris, wie verliefen bei euch die Rettungsarbeiten?" „Bei uns verlief alles glatt, wir dockten an, unser Raumschiff nahm fünftausend Mann, alles Kinder, an Bord. Diese Kinder brachten wir zum Planeten Wiking. Die Rettungskräfte arbeiteten schnell. Da war für sie alles bereit. In kürzester Zeit war das Schiff leer. Irgendwie schafften es die Retter, sehr schnell alle Kinder unterzubringen. Die Kinder bekamen ihre Wohnquartiere. Wir waren noch dort, da wurde durchgegeben, es sei Zeit zum Essen. Unsere Robbies begleiteten alle zum Speiseraum. Nach dem Essen setzten wir uns in unser Raumschiff und brachten es nach Hause. Das ist die Kurzfassung der Geschichte, die wir heute erlebten." Da mischte Lutissia mit: „Sage mal, Hiltraud, wie vertragen so ein Leid die Kinder?" „Erstaunlich gut, ich habe kein Kind gesehen, das geweint hätte." „Ihr aber, wie erging es euch heute?" „Bei uns war etwas Hektik. Wir nahmen uns einen Shuttle, unsere Mission war, die Menschen einzuladen und im All auf große Transportschiffe umzudisponieren. Wir brachten mit unserem Shuttle zweimal Menschen zum Transportschiff, luden noch ein paar Menschen ein, da kam das Kommando über das E-Fon, alle Arbeiten abzubrechen und sofort weg vom Planeten zu gehen, es war nur noch eine kurze Zeit, bis Asterix gerammt worden wäre. Alle Türen wurden geschlossen und wir hoben ab. Hinter uns hörten wir ein Geräusch. Dann kam irgendein Staub, wir dachten, der ist vielleicht giftig und beschleunigten unseren Shuttle. Wie viele Menschen nicht gerettet wurden, wie viele ums Leben kamen auf Asterix, wissen wir nicht, bestimmt sehr viele." Hiltraud schaute lange auf Idris, dann fragte sie spontan: „Sag mal, Elvis – hat er nicht Sehnsucht nach seinem Planeten Erde?" „Ich weiß es nicht, ich fragte ihn einmal, ob er

Sehnsucht nach der Erde hat, er antwortete: ‚Nein, mir gefällt es hier.' Er zeigte der Erde die kalte Schulter. Was wir noch erfuhren, ist, dass auf Asterix die meisten alte Leute blieben, die Kinder wurden größtenteils gerettet. Und doch jammerschade für die alten Menschen." Hiltraud atmete tief ein: „So eine traurige Hochzeit hatten wir."

Elvis auf Saturn

An einem schönen, sonnigen Tag besuchte ich Georg in seinem Büro. Zwei Flaschen eines guten Bieres standen auf dem Tisch. Auf einer Schale lagen ein paar Brocken Dörrfisch, da rissen wir ab und zu ein Stückchen ab, nahmen einen guten Schluck Bier aus der Flasche und unterhielten uns. Meine Neugier gab mir keine Ruhe, ich wollte wissen, ob Georg mir etwas Neues erzählte aus dem Leben in Universum. „Sag mal, Georg, wann sahst du das letzte Mal das Universum? Ich meine, wann warst du das letzte Mal in Universum?" Georg saß nachdenklich da. „Ich weiß es nicht mehr so gut, ich schätze, so vor vier Monaten, vielleicht etwas länger." Die Miene auf seinem Gesicht zeigte, dass er es tatsächlich nicht mehr wusste. „Worum ging es dort?" „Ich bin mir nicht sicher, ich glaube, es war die Hochzeit von Idris." Er schwieg eine Weile. „Damals feierten zwei Paare Hochzeit, Karl Schwarz und Lutissia wurden auch getraut. Ich erinnere mich, der Ehrengast war Elvis Presley." Mir verschlug es die Stimme. „Kaum zu glauben, war Elvis Presley auch da?" „Ja, der war auch da, Idris war sein Freund. Der stellte ihn auch den Hochzeitsgästen vor." Wenn ich Georg nicht so gut gekannt hätte, hätte ich niemals geglaubt, dass er Elvis Presley gesehen hat, ganz abgesehen davon, mit ihm geredet. „Elvis sang den ersten Song, seine

Hüften bewegten sich so, dass Gäste applaudierten wie die Wahnsinnigen, besonders die jüngere Generation. Elvis sang einen Song nach dem anderen. Die Atmosphäre erhitzte sich, der eine oder der andere Gast fiel zu Boden und strampelte mit den Beinen. Nachher erzählten sie, ich war wie benebelt, meine Beine hielten mich nicht, ich fiel zu Boden und gab mir alle Mühe, mich wieder aufrecht zu setzen." Bei Elvis legte sich alles in seinem Gehirn ab. „Ich brauche ein bisschen Ruhe, dann fahren wir mit dem Konzert fort", sagte er. „Die Gemüter müssen sich beruhigen." Damit setzte er sich auf ein Huck-Mobil und fuhr weg. Die Gäste waren da, aber Elvis war weg. Der eine oder andere Gast fing an zu gähnen. Langsam fing es an, langweilig zu werden. Einige der Gäste gingen weg, plötzlich erschien er wieder auf der Bühne. Wie auch immer, ließ er sich direkt auf die Bühne beamen. Ein kräftiger Applaus begrüßte ihn. Er war frisch und munter. Ohne ein Wort zu sagen, fing er an zu singen. Er wollte jede Minute nutzen, so als ob es seine letzte wäre, und den Leuten gute Laune machen. Es schien, als ob er niemals müde würde. Die Zeit überschritt die Mitternacht. Plötzlich stellte sich eine Stille ein, die Lautsprecher schwiegen. Nach einer Minute kam auf allen Sendern eine Durchsage. Alles schwieg, nur die Lautsprecher gaben von sich: „Asterix ist in Gefahr, der Planet Gringo kommt auf Asterix zu, er rammt ihn." Alle Lichter gingen an. Die Hochzeitsgäste standen alle auf. Ein

Mann stand auf der Bühne. „Eine Bitte an euch alle", sagte er. „Wer kein mobiles Gerät benötigt, nimmt keines, nur die Rettungskräfte, die zu Asterix fliegen, um Hilfe zu leisten, dürfen sie nehmen. Ich danke allen, die Hilfe leisten." Plötzlich sah ich Elvis. Er schien die Ruhe selbst zu sein. In aller Ruhe ging er zum Huck-Mobil, setzte sich darauf und fuhr weg. Elvis sah ich mehrmals, seine Konzerte rissen einen mit – nach denen war man lange aufgeregt. Ich ging nach so einem Konzert lange hin und her und sang die Melodie. Ich habe auch probiert, mit den Hüftbewegungen ihm ähnlich zu sein, es klappte nicht. Es war einfach Elvis Presley, den kann man niemals genau nachmachen. „Georg, hast du niemanden sonst von der Erde gesehen?" „Es tut mir leid, nein, sonst habe ich niemanden von der Erde gesehen." „Ich dachte, jemanden vom Raketenbahnhof?" „Nein, es tut mir leid. Wieso sollte ich auch jemanden sehen? Nach dem Ingenieur, der eine Zeitmaschine gebaut hatte, gab es keinen mit dem gleichen Talent wie er." Er atmete tief aus, ihm tat es tatsächlich leid, dass es keinen zweiten Elvis gab. Die Chance hatte Elvis zufällig bekommen und sie genutzt. Ich stand auf. „Danke, mein Freund, und vergiss mich nicht, wenn du wieder einmal zum Planeten kommst, gib mir Bescheid. Vielleicht wenn ein paar Menschen ihr Leben in der Rakete ins All brachten. Sie landeten vielleicht auf dem Neptun oder sonst wo." „Mach ich gerne, mein Freund", sagte er. Derzeit wusste

Elvis nicht, was für Furore auf der Erde entstanden war und herrschte. Seine Historiker entdeckten ein Manuskript von Elvis. Es war nur die Hälfte eines Songs. Die Überschrift hieß: „Wie gerne möchte ich Merkur besuchen, wie schön war es auf Saturn." Seine Verehrer schwärmten von ihm. Viele Fans von Elvis kamen in das Krankenhaus wegen schlimmer Kopfschmerzen. Doch Elvis war nicht da und sein Manuskript war nur zur Hälfte da. Niemand wusste etwas von ihm, bis zu dem Zeitpunkt, als Georg begann, in seinen Träumen das Universum zu durchqueren. Er brachte die erfreuliche Nachricht seinen Kollegen. Die ihrerseits brachten die Nachricht an die Presse. Die Nachricht verbreitete sich blitzschnell. Georg war der gefragteste Mann des Planeten Erde. Doch es gab in der Geschichte einen Haken. Niemand war auf den Planeten Saturn oder Neptun gewesen. Die Forscher arbeiteten Tag und Nacht, doch es half nichts. „Es gibt keine Lösung und keinen Schluss", sagten sie. Nur ein Mann namens Georg besuchte das Universum in seinen Träumen. Eines Tages erfuhr ich von der Feier meiner Kollegen. Am nächsten Morgen war ich bei Georg. Er öffnete mir die Tür, wir umarmten uns. „Schön, wieder zu Hause zu sein, mein Freund", sagte er. Dann ging er zu seinem Bett, bückte sich zum Boden und hob ein Manuskript auf. „Hier ist das Manuskript." „Ich freue mich, dass das Manuskript zu den Menschen gelangt ist, für die es geschrieben wurde." Das Manuskript war irgendwie seltsam. „Weißt du, mein Freund, ich redete mit Elvis." „Erzähl mal, wie schaut er aus, wie geht es ihm?" „Ihm geht es gut. Auf jeden Fall besser als uns." „Ich kam auf den Planeten Wega an. Als ich mich ein wenig daran gewohnt hatte, fragte ich nach Elvis. Ich fragte nur so, ohne jede Sicherheit. In dem großen Universum jemanden zu finden, ist zumindest unrealistisch." Bei dem dritten oder vierten Befragten hörte ich: „Ja, ich kenne ihn, ich sah ihn vor zwei Tagen." „Wo denn, auf dem Planeten Wega?" Er gab dort für die Menschen von dem Planeten Wega ein Konzert. „Sagt mal", fragte ich die Menschen, „wo kann ich ihn finden?" „Auf dem Planeten Garibaldi muss er sein." Er sah, dass ich mich hier nicht auskannte. „Ich helfe dir, mein Freund", sagte er. Dankbar schaute ich ihn an. Ich muss sagen, dass im Universum so eine Höflichkeit besteht und so eine Hilfsbereitschaft herrscht, die ich noch nie sah. Wir setzten uns auf ein Huck-Mobil und fuhren zum Raketenbahnhof. Ganz schnell bekamen wir ein kleines Raumschiff und flogen zum Planeten Garibaldi. Elvis unterhielt sich mit ein paar Fans über die Kultur. Ich hatte den Mut nicht, ihn anzusprechen, und stand etwas seitwärts von Elvis. Er sah mich. „Wollen Sie zu mir?", war seine Frage. „Ja, ich komme vom Planeten Erde." „Vom Planeten Erde?", fragte er verwundert. „Es ist meine ursprüngliche Heimat." „Ja", sagte Georg. „Ich habe auch eine Angelegenheit." „Gut, Elvis ergriff das Wort. „Es gibt vielleicht eine lange Unterhaltung, ich schlage vor, wir fahren zur Speisehalle und essen zuerst etwas. Wollen Sie mit uns?", fragte er meinen Begleiter, der mich zu Elvis gebracht hatte. „Nein, danke, ich habe zu tun, auf Wiedersehen" Er fuhr mit dem Huck-Mobil weg. Die Speise, die wir da aßen, war perfekt. Solche Köstlichkeiten hatte ich noch nie gegessen. Dann sagte Elvis: „Um was für eine Angelegenheit geht es, mein Freund?" „Wissen Sie", fing Georg an, „es geht um ein Manuskript mit einem Lied. Ich verstehe es nicht und bitte Sie um Hilfe. Du hast einen Song geschrieben – mir fiel es schwer, ihn zu duzen –, doch ich nahm meine Kräfte zusammen, und fuhr fort. „Als du noch auf der Erde warst, schriebst du einen Song, doch irgendwie blieb nur die eine Hälfte auf der Erde. Deine Fans glauben, die fehlende Hälfte ist bei dir." „Sag mal, Georg, um was geht es in dem Song?" Sein Gesicht wurde ernst. „Ich weiß nur, die Überschrift lautet: Wie gern möchte ich den Merkur besuchen, wie schön wär es, auf dem Saturn zu sein." Elvis lehnte sich zurück und schaute Georg mit einem langen Blick an. „Jetzt weiß ich, um was es geht. Das Manuskript hatte ich auch nicht. Schon hier auf dem Saturn fand ich den Zettel mit der Überschrift und schrieb den Song. Weiß du, ich machte mir eine Kopie davon. Ich gebe dir den Song im Original." Er schwieg wieder eine Weile. „Meine Fans von der Erde sollen mich so in ihrem Gedächtnis behalten, wie ich bin." Ich saß begeistert da und schaute ihn mit offenem Mund an. „Danke", nur dieses eine Wort brachte ich über meine Lippen. Ein Roboter stand neben uns. „Fahr zu mir", sagte Elvis. „Bring mir den Song, er liegt auf meinem Tisch, mein Freund." In ein paar Sekunden war der Robby bei uns mit dem Song, in einer Rolle. Der Song war mit Gold geschrieben. Elvis nahm das Blatt Goldpapier, fügte das Datum hinzu und auch seine Unterschrift. Dann reichte er mir die Rolle. „Hier, mein Freund, für die Bewohner der Erde vom dankbaren Elvis. Besuche uns wieder." „Besuchst du uns, Elvis?" „Bei mir ist es problematisch, ich glaube, meine Maschine, mit der ich hier ankam, ist kaputt. Außerdem gefällt es mir hier." Elvis reichte mir die Hand. „Ich glaube, so verabschiedet man sich auf der Erde", sagte er und schüttelte mir die Hand. „Auf Wiedersehen", sagte ich, nahm das Manuskript und schüttelte Elvis die Hand. In diesem Augenblick lallte mein Wecker zu Hause auf der Erde neben meinem Bett und ich wurde wach. Das Manuskript lag auf meinem Tischlein neben dem Wecker. Es war Zeit, sich auf die Arbeit vorzubereiten. „Kannst du mir das Manuskript zeigen?" Ich bat Georg darum, obwohl ich kein Recht dazu hatte, und auch keine Hoffnung. Ich habe meinen Freund unterschätzt. Er streckte einfach seine Hand aus, nahm vom Boden das Manuskript und reichte es mir. Meinen Körper durchdrang eine Schwäche, meine Hand fing an zu zittern. Ich nahm das Rollo in die Hand, schaute es an. Das teuerste Werk, das ich jemals im Leben in der Hand hatte. Ich hielt ein Rollo Gold in der Hand. Als ich das Manuskript aufrollte, sah ich die Überschrift. „Ich möchte gerne auf den Merkur." Ich sah ganz realistisch, wie die Hüften von Elvis anfingen, sich zu bewegen. Wenn seine Melodie spielte, konnte er einfach nicht ohne Bewegung. Ganz zärtlich rollte ich das Manuskript ein und gab es meinem Freund Georg. „Hier, mein Freund, dein ganzes zukünftiges Leben. Doch ich muss dich erinnern, dass das Manuskript dem gesamten Volk gehört." Das ging mir gerade durch den Kopf. „Ich muss mich bei einem großen englischen Museum anmelden und das Manuskript vorzeigen." Nach ein paar Tagen sagte Georg: „Ich habe das Manuskript dem Staatsmuseum überreicht, sie wollen es auf Echtheit prüfen. Stell dir vor, mein Freund, sie sagten ‚auf Echtheit‘, als ob ein Blick nicht genug wäre, die Echtheit zu bestätigen." „Lass sie nur prüfen, mein Freund, es geht bestimmt um eine Menge Geld." „Die Leute aus dem Museum sagten, das Geld würde mir bis zu meinem Lebensende reichen. Es ist nicht nur das Material etwas wert, sondern auch das geistige Eigentum hat unschätzbaren Wert." „Es ist doch Elvis", sagten die Herrschaften aus dem Museum mit großer Bedeutung. Es verging eine Ewigkeit, bis die Antwort aus dem Museum kam. Die Antwort war positiv. Es war eindeutig die Handschrift von Elvis. Es war nur außergewöhnlich, dass das Papier, auf dem der Song geschrieben war, sowie auch die Tinte, mit der es geschrieben worden war, aus reinem, hochkarätigem Gold bestanden. So reines Gold gab es auf der Erde nicht. Sie luden mich zu ihrem Chef ein, der stellte mir dieselbe Frage. Ich gab ihm die Antwort: „Von Elvis", sagte ich. „Vom Planeten Garibaldi." Der Chef schaute mich lange an. Sein Blick war misstrauisch. „Wie kamen Sie in den Besitz des Manuskripts?", fragte er. Georg sah, dass der Chef kein Wort glaubte. Jetzt schwieg Georg lange. „Von dem Planeten Garibaldi", sagte er erneut. Nach dieser Antwort war der Mann total aus dem Häuschen. „Gibt es überhaupt so einen Planeten Garibaldi?" „Da müssen Sie unsere Astronomen fragen." „Gut, wir geben Ihnen das Geld. Ist dieser Betrag groß genug?" Er kritzelte etwas auf ein Blatt Papier und legte das Blatt vor Georg. Mein Mund blieb offen, meine Augen standen auch weit offen. „Gut", konnte ich nur sagen, erzählte Georg. „Es wird alles noch einmal überprüft", sagte der Mann. „Ich hoffe, dass für Sie alles gut läuft." Damit verließ Georg das Büro des Mannes. Das Manuskript ist nun das Gemeingut des Volkes. Georg gab dem Museum eine großzügige Spende. Georg zog danach aus und niemand wusste wohin. Ich konnte ihn verstehen, jetzt kannten ihn alle. Hier konnte er keine Ruhe mehr bekommen.

Ein Flug zum nächsten Sonnensystem

Das Raumschiff H.R.E.2330 startete vom schwarzen Kontinent in Richtung des nächsten Sonnensystems. Die besten Astronauten der Welt saßen in dem Raumschiff. Sie wurden auserwählt und hatten mit Sicherheit das Recht erworben. Dreißig Mann Besatzung an Bord und eine Menge Elektronik. Sie alle fühlten sich bestens. Das Schiff konnte auch mit Automatik fliegen und sein Ziel finden. Doch die Astronauten wussten, dass ihr Schiff besser flog, wenn diese Automatik von einem Menschen gesteuert wurde. Außerdem wussten sie, dass ihr Schiff ganz besondere Aufgaben zu erfüllen hatte. Ihre Mission lautete, den Stern Lapis zu erforschen. Da der Stern sich in der nächsten Galaxis befand, war ihr Weg vielleicht nicht sehr gefährlich, dafür sehr weit von der Erde entfernt. Da in der nächsten Galaxie eine andere Atmosphäre war und die Luft ganz anders war, konnten sie sich vorstellen, dass dieser Flug ihnen eine Menge Probleme bereiten würde. Es könnten Situationen entstehen, welche sie nicht berücksichtigt hatten. „Der Mensch kann nicht alles wissen, deshalb müssen wir auf alle Situationen vorbereitet sein", pflegte der Chef dieses Raumschiffs zu sagen. Wenn sie auch gut vorbereitet waren, blieben doch dunkle Flecken im Wissen der Planeten, die sie nicht erklären konnten. Jetzt gab Haas den Kurs ein und streckte sich. Er musste sich entspannen und ausruhen. Er übergab das Ruder dem Co-Piloten Luz und stand auf. „Ich muss ein bisschen schlafen", sagte er. „Schau nach dem Kurs und bringe uns in Richtung des Planeten Alay." „Gro", sagte Luz. „Ich bin bereit." Er übernahm das Ruder und stellte es auf Automatik. „Zum Alay", sagte er, „in das nächste Sonnensystem." „Gro", antwortete der Computer, „wird gemacht." Der Computer war über Jahrhunderte so menschlich geworden, dass er sich auch Scherze erlaubte. „Gro", wiederholte er, „es wird gemacht." Langsam näherte sich die Mittagszeit. „Ich habe Hunger", dachte Luz. Unser Koch ist nicht von den Schnellsten. Endlich ging die Tür zum Cockpit auf und der Koch trat mit dem Essen auf dem Servierwagen ein. „Das Essen ist da", sagte er. Wenn es auch nur aus einem Konzentrat war, es duftete in dem Cockpit so gut, dass Luz sich kaum halten konnte, um nicht über das Essen herzufallen. Er war jung und gesund und hatte natürlich einen guten Appetit. Das Essen schmeckte ihm, da tauchte das erste Problem auf. Auf der Erde simulierte Luz allerlei Situationen. „Diese Situation überwältigt unser Raumschiff", dachte er. Das Raumschiff fing an zu zittern, in seinen Kopfhörern tauchte ein Heulen auf, wie das Heulen einer Sirene. Haas wachte auf und kam herein. „Was ist los, Luz?" „Ich weiß es nicht, Haas, die Geräte funktionieren bestens. Moment mal, Haas, es ist alles in Ordnung, es war der Planet Rüde, er kam uns zu nahe, darauf meldete sich unser Raumschiff." „Gro", sagte Haas, „alles normal", und ging zu seiner Liege, nach kurzer Zeit schlief er ein. Der Lotse kam mit seinem Buch. „Erschreckte euch dieser Rüde?" „Nicht so schlimm", sagte Luz. „Es kann noch Schlimmeres auf uns zukommen." Tatsächlich lauerte auf sie nach ein paar Tagen eine andere Gefahr. Ihr Lotse Nabu kam herein. „Auf uns wartet eine weitere Gefahr", sagte er. „Ein Meteorit kommt auf uns zu. Der Zusammenstoß erwartet uns morgen Abend um zwanzig Uhr." „Kläre uns mal auf, wie groß ist er, und vor allem, wie gefährlich ist er?" „Er ist gefährlich, vor allem hat er einen Durchmesser von fünfundsiebzig Kilometern." Nabu schwieg, er gab Luz und seinen Kollegen Zeit, die Gefahrenlage zu verkraften. „Was können wir tun?" Das fragte der Kollege von Luz. „Ich komme gerade vom Leiter dieses Raumschiffs, er sagt, wir müssen ihn abschießen, das ist für heute das Einfachste. Bis morgen zwanzig Uhr wird sich klären, wofür wir tauglich sind." Nabu ging zu der anderen Gruppe der Besatzung, um sie aufzuklären. Haas wurde auch wach. Verschlafen kam er in das Cockpit. „Ist was passiert?" „Bis jetzt noch nichts, doch die Gefahr nähert sich." „Was für eine Gefahr?" „Ein Meteorit beträchtlicher Größe." „Kommt er genau auf uns zu? Können wir ausweichen?" „Ausweichen scheint unmöglich zu sein. Momentan wird überlegt, ob wir den Traktorstrahl einsetzen können." „Wie groß ist er?" Siebzigtausend Kilometer im Durchmes-

136

ser." Haas kratzte sich das Kinn. „Ob unser Strahl genug Power hat?" „Mal sehen, nimm deinen Platz ein und überlasse mir meinen." Gegen Abend kam vom Schiffskommando die Entscheidung: „Wir schießen ihn zu kleinen Stücken und lassen diesen ihren Lauf." „Am nächsten Morgen vibrierte das Schiff, als ob es Schüttelfrost hätte", sagte Luz zu Haas. „Es waren die Vutontorpedos. Drei Serien haben wir abgeschossen, bis der Brocken zerstückelt war. Mit dem Strahl hätten wir es nicht geschafft. Der Brocken war viel zu groß." „Du hast bis zum Abend frei, kannst in das Casino gehen und dich entspannen." Luz ging zum Casino. Ihn umzingelten seine Kollegen. „Was war passiert, Luz?" „Es war nur ein Meteorit." „War er sehr groß, bestimmt habt ihr ihn zersplittert?" „Genau, zersplittert und freigelassen, er ist bestimmt schon weit weg von uns." Es war ein entspanntes Gespräch, so einfach redete man hier über Dinge, die äußerst wichtig waren und das Leben vieler Menschen und das Schiff gefährdeten. Luz war bekannt wegen seiner Liebe zum Schach. Er setzte sich an den Spieltisch. Das Schachbrett mit den Figuren stand bereit. Ein Partner kam sofort zu seinem Tisch. „Wie wäre es mit einer Partie?" „Okay, der erste Zug ist meiner." Er machte den ersten Zug. Nach dem ersten Zug – Bauer auf e2 und e4 – überging die Partie langsam zum königlichen Gambit. Luz verlor diese Partie. Nicht, weil sein Partner viel besser spielte, das nicht, nur er konnte sich nicht konzentrieren. Das Manöver heute früh mit dem Zersplittern des Meteorits ging ihm nicht aus dem Kopf. „Wenn aber noch ein größerer auf uns zukommt, kann es sein, dass wir es nicht schaffen." „Doch, wir müssen es schaffen, so lautet unsere Mission." Luz verbrachte seine Zeit bis spät nachmittags mit Schach spielen. Seine Partner wechselten sich ab, doch er spielte wie besessen, bis er total müde war. „Jetzt will ich was essen", erst jetzt fiel ihm ein, dass er Hunger hatte. „Ich habe nach dem Frühstück noch nichts gegessen, dabei ist es Nachmittag." Er aß in der Kantine unter Menschen, die er nicht kannte, obwohl darunter auch Leute waren, die mit ihm auf dem Raumschiff flogen. Nach dem Abendessen kehrte Luz zufrieden zurück zum Raumschiff. Er ging ins Cockpit, nahm das Maschinen-Journal und durchschaute, was heute so passiert war. Es gab keine besonderen Vorkommnisse. Nur auf einer Stelle registrierte das Tagebuch sämtliche Schwankungen. Der Grund der Schwankungen wurde nicht registriert. Er gab diesem Vorfall keine Bedeutung. „Haas wird schon wissen, was zu diesem Zeitpunkt geschah." Zufrieden setzte er sich in den Sessel des Co-Piloten und vertiefte sich in seine Gedanken, wie er den Tag heute verbracht hatte. „Ich habe mich heute gut entspannt, und denke, es tut meiner Gesundheit gut", dachte Luz. Dann kam Haas in das Cockpit. „Hallo Kollege, prächtig amüsiert, was?" „Da wir schon beim Amüsieren sind, was kam da heute

138

vor?" „Was kam denn vor?", Haas machte große Augen. „Es gab sämtliche Schwankungen", sagte Luz ruhig. Haas nahm das Bord-Journal und studierte eine ganze Weile. „Es tut mir leid", wiederholte Haas. „Ich habe in der Zeit mein Nickerchen gemacht, mit anderen Worten, ich habe geschlafen. Gab es noch was?" „Nein, es ist alles okay. Wir müssen gut aufpassen", Haas scheint sich gefangen zu haben. „Auf diesem Abschnitt unserer Bahn gibt es mehrere Unannehmlichkeiten." „Gro", sagte Luz, „gut zu wissen." Ganz ruhig vergingen noch ein paar Sternentage. Es wurden Proben von der Atmosphäre der Meteoriten genommen. Der Vorgang wird dem Leser bekannt sein, man zog mit einem Strahl das Objekt an und nahm Proben. Die werden dann im Labor des Raumschiffes analysiert, katalogisiert und in dem Speicherschrank verschanzt. Sie unterhielten sich noch eine Weile über Luz' Besuch in der Spielhalle, dann machte sich Luz auf in sein Zimmer und widmete sich dem Lesen schöner Literatur. Jemand klingelte an der Tür. „Herein", Luz erhob sich von seinem Stuhl. Li Min kam rein. „Mir war langweilig", sagte sie. „Mir auch, ich wollte mich entspannen und nahm das Buch zur Hand, doch ist es uninteressant." Li Min war seine Freundin, er mochte sie. Sie war hübsch, etwas dunkelhäutig, ihre schmalen Augen waren wie zwei Perlen. „Mir scheint, sie schaut durch mich", dachte Luz. „Manchmal scheint mir, dass sie sich hinter mir befindet. Ich schaue mich um, da ist aber nichts, nur ihr Blick ist so." Ihr schwarzes Haar glänzte im Licht der künstlichen Beleuchtung und war immer in Ordnung. „Wenn sie auch keine Zeit hatte, ihr Haar ist immer in Ordnung", dachte Luz. „Warum mir dieser Gedanke kam, weiß ich nicht", sagte er zu Li Min, sie lachte. „Wollen wir ins Grüne gehen?", schlug sie vor. Gemeint war eine kleine Insel im Schiff, die mit grünem Teppich bedeckt war. Er nahm ihre Hand und führte sie zur Insel. Da lagen schon einige junge Paare. Luz warf sich auf den Rasen und zog sie zu sich. So lagen sie und genossen ihre Ruhe. Gut ausgeruht gingen sie in seine Gemächer. Es war ein schöner Ort zum Rasten, vor allem, weil alles real war. Der grüne Rasen, die frische Luft, alles war Täuschung, aber so real wie auf ihrem Mutterplaneten. „Was liest du gerade?" „Ich lese einen Roman von Dickens." „Magst du Dickens?" „Ja, mehr als alle anderen." „Und warum?", wollte Li Min wissen. „Meine Biografie ist seiner ähnlich, auch wenn er vor Jahrhunderten lebte." „Meine Schicht fängt bald an, ich muss gehen, unser Chef ist sehr streng. Also bis zum nächsten Mal." „Bis zum nächsten Mal", sagte Luz und nahm sein Buch zur Hand. Dickens war sein Lieblingsautor, er könnte seine Bücher jeden Tag lesen. Er schlief ein mit dem Buch. Das war auch seine Art einzuschlafen. Er hatte viel Arbeit und war immer müde. Man muss sagen, dass alle Mitglieder dieser Expedition ständig müde waren. Das ging auf die innere Spannung zurück, die alle Mitglieder erfasst hatte. Der Leiter wollte mit seiner Mannschaft Klarheit schaffen. Er sammelte die ganze Mannschaft, die frei hatte, ein, und sprach zu ihnen. „Ich weiß, wir sind alle müde, das kommt dadurch, dass ein großer Planet – er heißt Kranich – uns kostbare Atmosphäre abzieht. Der Planet ist am Rande des Sonnensystems. Ich sage euch, bald ist die schwerste Phase unserer Reise abgeschlossen und unsere Gesundheit stabilisiert sich. Seid bitte wachsam, strengt euch an, bald haben wir es überwunden. Wenn der eine oder der andere ohnmächtig werden sollte wegen des Sauerstoffmangels, meldet euch sofort beim Arzt. Ich wünsche uns allen Erfolg und ein gutes Nach-Hause-Kommen." Sie gingen auseinander. Luz ging auf sein Zimmer, ihm fiel Cristofero ein. Man nannte ihn Chris. Ihm fiel ein, wie vor ein paar Monaten Chris um sein Leben gekommen war. Die Maschinen hatten versagt, weil es unerwartet ein Leck gegeben hatte. Er hatte sich nichts anderes einfallen lassen, als ein freiliegendes Stück Blech zu nehmen und sich damit gegen die Lücke zu pressen. Die Hilfe kam zu spät, ihm hatte es die Innereien herausgezogen, aber das Schiff hatte er gerettet. Er wurde mit allen Ehren bestattet. Luz erinnerte sich an Li Min, sie fragte: „Wie wurde er bestattet?" „Im Schiff gibt es eine Vorrichtung mit einer Gangway, durch diese Öffnung wurde der Tote katapultiert." Keine schöne Ansicht", sagte Li Min. „Ja, das war keine schöne Ansicht", sagte Luz. Die Arbeit ging voran, sie kamen näher zum Ziel. Sie näherten sich dem Sonnensystem und damit dem Planeten Horn. Der Planet interessierte diese Expedition besonders. Der Chef der Sternenflotte versammelte wieder seine Mannschaft im großen Saal. „Wir haben ein kleines Stück von unserer Aufgabe erfüllt. Uns geht es besser mit dem Atmen, und damit ist unser Wohlbefinden auch besser. Soweit ich weiß, erwarten uns auch viele Schwierigkeiten. Einige Planeten sind damit gefährlich, dass sie ständig große Brocken verlieren. Wir wissen, dass wir uns eine Bahn brechen müssen, um weiter ins Innere der neuen Galaxie einzudringen. Ich hoffe, wir sind diesen Aufgaben gewachsen. Viel Glück!", er verließ den Raum. Nach ein paar Tagen ging es los. Der Planet Groll baute sich neben dem Raumschiff auf. Der erste Nachbar. Die Geräte zeigten an, dass er nicht bewohnt war. Haas ließ Luz zu sich kommen. „Wir haben einen sehr lästigen Nachbarn", sagte er. „Wir müssen uns von ihm befreien." Luz schaute lange auf den Monitor. „Ich schlage vor", sagte Luz, „wir packen ihn mit unserem Traktorenstrahl, transportieren ihn zur Seite ab und lassen ihn mit konstanter Geschwindigkeit weiter fliegen." „Einverstanden", sagte Haas, „das dachte auch ich. Wir wollen nur hoffen, dass die Kraft unseres Schiffs ausreicht für diese Operation. Nach zwei Tagen beginnen wir." „Okay", sagte Luz, „nach zwei Tagen." Li Min besuchte Luz nach der Arbeit. „Wollen wir zusammen essen? Ich habe

142

Hunger." „Ich danke dir, dass du vorbeikommst, ich habe auch Hunger." Sie gingen in den Speiseraum und nahmen ihr Essen zu sich. Luz erzählte seiner Freundin, was für Arbeit ihnen bevorstand. Li Min fragte ihn: „Wozu das alles mit der Galaxie? Haben wir nicht genug Raum in unserem Sternensystem?" „Ich glaube, nach zwei oder drei Wochen erfahren wir es. Unser Sternenflottenkommando weiß es bestimmt. Jetzt aber überlegen wir, wie man den Planeten Kroll von unserer Bahn wegbringt." Sie gingen auseinander, sie zu ihren Gemächern und Luz zum Garten. Er wollte frische Luft schnappen und den Kopf frei machen. Der Tag kam, Kommandeur Haas und Kommandeur Luz saßen im Cockpit. „Wir wollen beginnen", Luz schaltete den Strahl ein. „Okay", Luz drückte ein paar Knöpfe. Der Strahl ummantelte weich den Kroll, Luz lenkte langsam rechts, dann erhöhte er die Geschwindigkeit, nahm den Strahl von Kroll weg und verließ die Bahn. Kroll flog weiter auf der vorgegebenen Bahn mit konstanter Geschwindigkeit. „Wiedersehen", Haas und Luz winkten Kroll nach. „Vielleicht sehen wir uns noch in der Galaxie. Wer weiß es schon." Die Arbeit ging weiter. Die Arbeit nahm ihre ganze Zeit weg. Jeden Tag aßen sie das Abendbrot, spielten eine Weile im Casino, dann gingen sie in den Vergnügungspark und verbrachten ihre Zeit, bis es Zeit war, schlafen zu gehen. Das machten sie alle, mit dem Unterschied, dass das Abendessen zur unterschiedlichen Zeit war. Haas kam in sein Zimmer und nahm sich ein Buch. „Gut, dass wir so eine Bibliothek an Bord haben", dachte er. Als sie loslegten, nahm er glücklicherweise auch ein paar Briefe mit sich. Jetzt, an den stillen Abenden, fand er großes Vergnügen, in seinen alten Briefen und Manuskripten zu stöbern. Unerwartet klingelte jemand an der Tür. „Wer ist da?" „Ich bin es, Abdul." Es war sein Freund, Haas mochte ihn wegen seines stillen Wesens. Er schrie niemals, stritt sich niemals, kurz gesagt: ein Kumpel, auf den man sich verlassen konnte. Die Mannschaft mochte ihn. „Wollen wir spielen?", fragte Haas. „Ja, das können wir." Aus dem Kühlschrank kamen zwei Flaschen Selin und zwei Gläser. Ihr Lieblingsspiel war Fes. Das Brett mit den Figuren kam auch auf den Tisch und das Spiel begann. „Heute macht das Spiel besonders viel Spaß, mein Freund", sagte Abdul. „Genau, Abdul, mir auch." Nach zwei Stunden fing Haas an zu gähnen. „Es tut mir leid, Abdul, aber ich bin irgendwie müde." „Wie verlief die Abschiebung des Planeten Kroll?" „Gut, mein Freund, ich dachte nicht, dass es so glatt läuft. Der Brocken war echt groß. Einen Moment dachte ich, dass unser Netz es nicht aushält. Doch dank des Könnens von Luz, der sehr geschickt manövrierte, lief alles glatt. Das nächste Mal wird es einfacher. Wir haben Erfahrung gesammelt. Ich glaube, das nächste Mal machen wir das noch besser." „Da bin ich mir sicher, ihr schöpft ja Erfahrung." Nach kurzer Zeit stand Abdul auf. „Du gähnst, mein Freund, bist müde wie

144

ich auch. Dann mach es gut", er ging durch die Tür. „Mach es gut", sagte Haas. „Ich werde auch schlafen." Eines Tages lud ihn der Oberbefehlshaber der Sternenflotte Rabe in sein Office. Da war nichts, was er nicht brauchte: ein Mikrofon, um das Gespräch aufzunehmen, ein Computer und ein Packen Hefte, es war seine Kladde. „Wir haben da eine Idee. Der Planet Lapis soll vermessen werden. Außerdem soll er genauestens katalogisiert werden." „Okay", sagte Haas, „machen wir das." „Alle Unterlagen bekommen Sie bei meinem Stellvertreter." „Alles klar, wann wollen wir beginnen?" „Am Montag nächste Woche." „Okay", sagte wieder Haas und verließ das Office vom Chef. Er machte sich auf zum Büro des Stellvertreters. Nach zwei Stunden verließ er das Office mit einer Diskette und machte sich auf in sein Büro. Es musste überlegt werden, wozu diese Information dienen konnte. Langsam kam ihm der richtige Gedanke. Unter mehreren Aufgaben, die sie erfüllen mussten, war es, einen passenden Planeten für die Erdbewohner zu finden. Offensichtlich fand das Sternenflottenkommando den Planeten Lapis als möglichen Ort für die Menschen von der Erde. Dazu sollte auch die Bahn, die sie brachen, dienen. Der Montag kam. Haas mit einem Vermesser, einem Biologen und einem Chemiker machte sich an die Arbeit. Sie brachten die Gangway in Bereitschaft. Sie berechneten den Durchmesser, nahmen Proben vom Gestein, aus dem der Planet bestand, und das Wichtigste: Es gab

Wasser auf dem Planeten und Luft, wenn sie auch etwas dünner war als die auf der Erde. Der Biologe schaute Haas lange an: „Gott schuf die Erde und den Himmel. Vielleicht gibt es im Universum noch Planeten, die von Gott geschaffen und von dem Menschen bewohnt sind? Es braucht nicht viel Aufwand, um die Luft rein zu generieren. Lapis lässt alle Wünsche offen", sagte der Chemiker. „Den kann man bewohnen, wenn wir auch nichts Genaueres wissen." „Wir kommen auf diese Theorie zurück und reden darüber, mein Freund", sagte Haas. Nach einem kurzen Rasten wurde Haas vom Chef verlangt. Ihr Chef war ausgesprochen höflich. „Den vollständigen Bericht geben Sie nachher, jetzt nur ein paar Fragen. Zuerst aber Folgendes: Lapis ist von der Sternenflotte zum möglichen Ort für Menschenleben auserwählt." „Informiert hat mich darüber niemand", sagte Haas. „Klar, nicht nur dich, das Projekt gilt bis heute als streng geheim, so soll es noch eine Weile bleiben." „Danke, Chef, für Ihr Vertrauen." „Nichts zu danken, du wirst ganz eng mit unseren Professoren arbeiten. Ich habe dich ausgewählt, weil du am besten passt für diese Arbeit." „Danke, Chef, ich gebe mein Bestes." „Gut, jetzt stoßen wir an auf Lapis, der Planet soll der Menschheit lang dienen." Rabe holte aus dem Schrank eine Flasche auserlesenen Weins und entkorkte sie. „Auf Lapis", sie stießen an. Die Audienz war beendet. Haas stand auf und verließ das Büro. In den nächsten Tagen lief die Analyse der

Proben vom Planeten Lapis. Das Raumschiff hingegen setzte seinen Weg fort. Natürlich wusste Haas, dass sie noch einige Planeten ausforschen müssten, um nachher die Wahl zu haben und das Beste auszusuchen. Sie gingen mit der alten Methode vor. Sie schleppten den Meteoriten mit dem Traktorenstrahl ab oder zerkleinerten ihn und schickten sie quer durch das All. Dass es nachher Probleme gab mit dem Brocken oder Meteoriten, stellte für sie kein Problem dar. Haas versuchte, mit seinem Chef Rabe darüber zu reden, doch der sagte: „Immer, wenn wir dran sind, sehen wir, wie ein Problem zu lösen ist." Sie flogen zum Planeten Granat und machten alles wie auch mit Lapis. Dann kam noch ein kleiner, aber sehr gemütlicher Planet unter den Namen Karachis. Dieser war so angenehm und hübsch, dass Rabe sagte: „Jetzt reicht es mit dem Suchen, ich fühle mit meinem Inneren, dass dieser Planet als Erstes bewohnt wird." Nach ein paar Tagen umrundeten sie Karachis und machten sich auf den Heimweg. Sie hatten das Programm voll absolviert, die Proben lagen im Raumschiff – markiert, katalogisiert und eingepackt. Besonders glücklich waren die Biologen und Chemiker. Elektronisch war auch alles gespeichert, dann ging es los. Ein Meteorit von enormer Größe kam auf sie zu. „Nach einem Tag müssen wir ihn empfangen", sagte Luz. Er hat eine enorme Geschwindigkeit, ob unser Strahl das schafft?" Haas schwieg eine Weile, dann sagte er ruhig: „Wir haben die Zeit, wir zersplittern den Brocken mit unseren Fotonen." Luz blieb der Mund offen stehen: „Mit Fotonen?" „Ja, mit Fotonen. Vergiss nicht, wir haben noch Treftonen, die wir auch noch nie benutzt haben." Luz schwieg. Er wusste, dass die Treftonen nicht mal gut getestet waren. Luz wusste nicht, dass zu ihren Aufgaben das Testen der Treftonen im Programm inbegriffen war. Es kam der nächste Tag, alles war bereit. Zwei Treftonen waren aufgebaut. Der Meteorit näherte sich schnell. „Du hast die Ehre", sagte unerwartet Haas zu Luz. Das zweite Mal blieb Luz der Mund offen. „So eine Ehre, das vergesse ich nicht", flüsterte Luz und ging mit festem Schritt zu den Treftonen. Er kam zum Steuerpult, eine Menge kleiner Leuchten brannten auf dem Pult. Der Monitor zeigte, dass die Treftonen genau in die Mitte des Brockens zielten. Er betätigte dann die Kurbel, noch eine Glühlampe leuchtete auf. Gleichzeitig sagte eine Männerstimme: „Der Countdown beginnt." Bei Zahl eins geschah alles, die Rakete hob ab. Luz war angespannt, er konnte nichts mehr tun. Dann hörte er nur die Zahl eins. Die Rakete verließ ihr Rohr und flog mit steigender Geschwindigkeit zum Meteoriten. Luz nahm Platz auf dem Stuhl vor dem Monitor. Er beobachtete durch die Kamera, was mit der Rakete passierte. Die Rakete, ein milliardenteures Gerät, zeigte genau an, was vor der und hinter der Rakete passiert. Sie bohrte sich in den Felsbrocken ein wie in Butter und verschwand im Inneren des Brockens. Die Kamera zeigte, wie die Rakete

148

spielend kreiste im Inneren des Brockens und zerstörte ihn. In ein paar Sekunden explodierte das Objekt. Luz stand auf, im Körper fühlte er ein feines Zittern. Er machte sich auf in das andere Zimmer, wo es Monitore gab, da herrschte eine Stille. Die Ingenieure saßen wie geschockt. „Die Rakete zerstörte den mächtigen Brocken, als wäre es ein Spielzeug", sagte einer leise. Der Chef stand auf. „Der Test ist bestens abgeschlossen, heute Abend gibt die Sternenflotte eine Party. Alle Raketenmitarbeiter sind eingeladen." Er drehte sich um und verließ das Zimmer. Jetzt kam Luz zu Haas. Der stand auf, ging ihm entgegen. „Mein Teurer", sagte er, „heute hast du die Geschichte des Raketenbaus neu geschrieben." Er umarmte seinen Freund. „Ab heute werden unsere Raketen nicht mehr gegen einen Gegenstand prallen wie gegen eine Wand. Nein, sie werden sich einbohren und das gegebene Objekt sekundenschnell von innen zerstören. Du bist ein Held."

Zeitfracht Medien GmbH
Ferdinand-Jühlke-Straße 7
99095 Erfurt, Deutschland
produktsicherheit@kolibri360.de